¡DICHOSO AQUEL QUE TIENE...!

por
Eustaquio González Campomanes
('Tato Campomanes')

Imagen de la portada: Valentín Vega, 1948
© Fronda ediciones teatrales
e-mail: palominomanuel@uniovi.es

Texto: Esustaquio González Campomanes
Todos los derechos de representación escénica
© herederos de Esustaquio González Campomanes, 2020

ISBN: 978-0-244-55215-2

Dramaturgia Asturiana. Textos rescatados; 7

Colección coordinada y transcripción por:
Manuel Palomino Arjona

Eustaquio GONZÁLEZ CAMPOMANES, *Tato* (Gijón, 1907-1998). Odontólogo de profesión, hermano de Joaquín 'Quico' Campomanes, que fue jugador delantero centro y entrenador del Sporting, cursó estudios de medicina en Valladolid y de odontología en Madrid. Fue impulsor del tren fluvial del Descenso del Sella en 1945, promocionó corridas de toros, presidió la Asociación Asturiana de Caza y Pesca, además de ser otras muchas cosas, como jugador de fútbol, teniente honorífico de Sanidad Militar, representante de bebidas, inspector de Información y Turismo durante nueve años de todos los cines de Asturias, y hasta almacenista de hierro clasificado. Durante su presidencia en el Real Sporting de Gijón entre 1955-1957, trabajó para reconstruir los archivos y la fecha de la creación del Club, adquirió los terrenos del campo de Los Fresnos, donde jugaba el equipo Oriamendi, para que allí jugase la cantera del Sporting, así como también consiguió que el primer equipo gijonés subiese a primera división en 1957. Puso en marcha cuatro ediciones del Festival de Melodía de la Costa Verde entre 1960-1964, junto al empresario Fernando Sierra, celebrado en los jardines del Náutico o en el Teatro Arango, y contribuyó a la literatura dramática asturiana con su estampa marinera *¡Dichoso aquel que tiene!* (Compañía Asturiana de José Manuel Rodríguez, 1940), segundo premio en el Certamen de Teatro Asturiano, convocado por el diario *Voluntad*.

¡DICHOSO AQUEL QUE TIENE...!

Estampas marineras,
divididas en tres actos,
escritas por
Eustaquio G. Campomanes
('Tato Campomanes')

Estrenada el 22 de octubre de 1940
en el Teatro Robledo de Gijón
por la Compañía Asturiana
de José Manuel Rodríguez.

PERSONAJES (Actores)

Remedios, 19 años. (Nieves Sánchez)
Cipriana, 45 años. (Rosario Trabanco)
Telvina, 35 años. (Aurora Sánchez)
Bonifacio, 46 años. (José Manuel Rodríguez)
Chatarra, 45 años. (Fernando Pañeda)
Don Senén, 60 años. (Ignacio Colao)
Don Buenventura, 55 años.
Pepe Luis, 21 años. (Alejandro González)
El Descarrilau, 18 años. (Andrés Escudero)
Quico Tonaes, 20 años. (Luis Corujo)
Posturas, 25 años. (Persi)
Ramonín, 7 años. (Chispita)
Un heladero. (Modesto Clemente)
Una vendedora. (Ángeles Corujo)

ACTO PRIMERO

Sala de una casa de pescadores, en Cimadevilla, con dos puertas, una a la derecha y otra a la izquierda. La primera comunica con la calle. En el fondo, un balcón con cortina. En esta misma pared hay pintado un barco, con el velamen hinchado y mar muy verde y muy picada. Sobre una cómoda, una imagen de la Virgen de la Soledad, con dos jarrones de fuerte color azul, llenos de flores y una lamparilla de aceite. Una mesa, que tiene encima un magnífico barco velero. Varias sillas y uno o dos bancos de madera. De uno de ellos se extiende hacia el suelo una red de pescar. En algunos sitios de la escena, instrumentos de pesca y una bola azogada.

Estamos en la casa de Bonifacio, patrón de un buque pesquero.

Cuando la acción comienza, está próximo el anochecer. En escena se hallan Antón el Descarrilau, y Ramonín, que

13

están en plena faena taurina. El primero es el torero, que derrocha arte y valentía ante las acometidas del pequeño, que hace el toro con gran entusiasmo, derrotando, reservándose y hasta escarbando a veces.

Escena I
Antón y Ramonín

Antes que el telón se descorra, se oye música de guitarras, y, seguidamente, se escucha esta canción que canta un coro bien afinado, con acompañamiento de aquellos instrumentos.

No hay quien pueda,
no hay quien pueda,
con la gente marinera,
marinera pescadora,
no hay quien pueda, por ahora.

(Ya descorrido el telón)

Una voz: *(Canta los números de la lotería de cartones)* Cuarenta y cinco, treinta y dos, pelao sesenta, y revuelvo; las dos palomitas…
Antón: Ahora, un natural… y ahora, el obligao de pecho… Un molinete… otru, otru…
Ramonín: Y ahora, que te cogía. *(Arremete contra él)*
Antón: Non val, non val; cogísteme desprevenidu.
Ramonín: Yo non sé ná; ¿non ves que soy el toro?
(Escarba, el torero se prepara de nuevo, hasta que el

chico, sintiéndose fatigado, interrumpe la lidia) Ya cansé, ya non juego más.

Antón: ¡Ay, ay, qué toro más baldau!

Ramonín: A mí gústame más el 'fúbol'. ¡Gózola más!...

Antón: *(Vuelve a torear, esta vez frente a la mesa)* Pero dónde esté esto, y esto... y esto...

Escena II
Dichos y Cipriana

Cipriana: *(Reparando en el torero)* ¿Qué ye aquello? Con una mesa te atreverás tú. Oye, Machaquito...

Antón: ¿Qué quier, hom?

Cipriana: Y contesta y todo, por Machaquito.

Antón: ¡Si a mí me hubiesen dejao!...

Cipriana: El que non te dejó fue aquel xatu que te agarró, por haberte tirao al redondel cuando nadie te llamaba allí. Por algo te llamen el Descarrilau. Deja esa mesa, que ná te fizo, y véteme a la tienda. [Ahí lleves escrito lo que me tienes que traer.] *(Le da dinero)* ¡Y cuidao con traéme de menos!

Antón: Oiga, Cipriana, ¿usté conoció al Machaquito?

Cipriana: En mi joventú era el mejor.

Antón: Entós, usté ya va pa vieya. ¿Cuántos años tien, hom?

Una voz: *(La de la lotería)* Cincuenta y ocho.

Antón: ¡Non me diga más! *(Sale de estampida)*

15

Cipriana: ¡Demonio, mátote! *(Volviéndose hacia la habitación interior)* ¡Entoavía me falta bastante pa los cincuenta. ¿Oísteislo?

Una voz: *(La misma)* Sesenta y dos.

Bonifacio: *(Dentro)* ¡Echámela, chaval!

Escena III
Cipriana y Ramonín; después, Remedios

Cipriana se sienta a coser la red del barco, mientras Ramonín manosea el aparejo y el casco del barco que está sobre la mesa.

Cipriana: Deja esi barcu, Ramonín; si lu estroces, buena la tienes con tu padre, que lu fizo a navaja de la que se casó p'adornar la casa. Temprano empieces a andar con les coses de la mar.

Ramonín: Ye que quiero ver lo que tién adentro.

Cipriana: ¿Qué va tener? Ná. Además, con él non te vas a poder ganar la vida, porque ye un barcu de vela, que ya non se usen pa pescar. Como non quieras dir pa L'Habana... *(Continúa el chico en su tarea, y la mujer en la suya, hasta que aparece Remedios, una mocita guapa y bien compuesta, hija de Bonifacio, la cual se dirige al balcón, mirando a la calle unos instantes. Cipriana la observa en silencio)*

Remedios: Non vuelvo a jugar más a la lotería. Hoy perdí dos pesetes; y eso que tenía tres 'échameles' en un cartón solu.

Cipriana: ¿Quién ganó hoy, Remedios?

16

Remedios: ¿Quién va ganar? El de siempre, el su hombre, que nos llevó hasta la cubierta. [Non; y después de ganar, marchó.]

Cipriana: ¡Ay, neña, non lu llames así!, 'el su hombre', que ye tíu tuyu, y tienes que respetalu.

Remedios: Bueno, 'Chatarra'; que ye como usté lu llama muches veces.

Cipriana: Pero yo puedo, pa eso ye'l mi hombre. El tien su nombre, como todo fiel cristiano bautizau en la pila de San Pedro. Oye, Remedios, ¿sabes qué tienes mal perder? *(Vuelve Remedios a mirar desde el balcón, como impaciente)* Menos mal que: desgraciá en el juegu… ya sabes lo demás.

Remedios: Yo non sé ná.

Cipriana: *(Intencionada)* Verdaderamente, neña del alma, más te valía non sabelo.

Remedios: ¡Ay, tía! ¿qué quier decir con eso?

Cipriana: *(En pie, yendo hacia su sobrina)* ¿Tú oíste a esos que canten fuera?

Remedios: Apenes me fijé. ¿Qué canten?

Cipriana: El cantar de todos los días, el que canten en esi chigre endemoniau, y non pa que tú lu oigas, sinón pa que lu entienda el vecindariu enteru, que ya me tién atragantá diciendo lo que ye y lo que non ye. Eso de la 'marinera pescadora' de sobra sabes que va por ti. Que si andáis por lo oscuro, que si te lleva de paseo en auto. ¿Pero qué tendrán pa vosotres esos diablos de automóviles? Y tú, a pesar de tó lo que se diz, emperrá con Pepe Luis, esi rapaz de don Senén, el armador del barcu de tu padre, que si tu padre llega a enterase, buena la tienes. Además, ya sabes que Pepe Luis non te pertenez.

Remedios: Tía, déjeme el alma en paz. ¿Tamién usté me vien con esi cuentu y esi cantar? Yo hago lo que quiero; a nadie i tengo que dar explicaciones, y menos a usté. ¿Manda usté en esta casa?

Cipriana: Yo, como ama pa mandar aquí, non lo soy, pero pa poder decite que faes lo que non debes, bástome, Remedios. ¡Si tu madre levantara la cabeza...! Pero non... non... val más que sea así, porque si viera esto, yo te aseguro, Remedinos, que volvía morise. Lo de 'marinera pescadora, no hay quien pueda por ahora', ya sabes que está dando qué decir. Pero aquí estoy yo pa que non puedan, nin ahora nin después, nin nunca.

Remedios: ¡Qué ganes tengo de perder de vista esta casa, pa non oílos más!

Cipriana: ¿Pa dónde pienses ir?

Remedios: Muy lejos... Pa L'Habana.

Cipriana: Pos vete preparando el 'salvaconduto'. *(Se marcha cantando)*

Allá en la Habana,
allá en la Habana...

Escena IV
Remedios, Ramonín y Pepe Luis

*Remedios hace una seña, y en el balcón aparece Pepe Luis.
Allá charlan, él vivamente, ella, indecisa y preocupada.*

[**Remedios:** ¡Pepe Luis!]
Pepe Luis: ¿Estás ya preparada?
Remedios: Todavía no.
Pepe Luis: ¿Qué esperas, Remedios? ¿No habíamos quedado en que esta misma noche…? Tú estás preocupada. ¿Es que hay alguna cosa que pueda estorbar nuestros planes?
Remedios: Ninguna, Pepe Luis, y si la hubiera, ya sabes que soy yo bastante pa non reparar. Estoy cansá de too esto; siempre les mismes coses, siempre les mismes cares; pescao po la mañana, pescao po la noche. Y les riñes de mi tía, que ya non puedo aguantala… Pero lo peor ye que me parez que va teniendo razón, Pepe Luis. Ahora mismo acabamos de tener bronca. Por lo de siempre; por ti. Y por si algo faltaba, esos amigos tuyos que canten en el chigre de al lao, dale que le dan a lo de la 'marinera pescadora'. Y ya sabes que dicen que eso va por ti y por mí. Basta mi tía pa averígualo… y claro…
Pepe Luis: *(En actitud de marcharse)* ¿Por ti y por mí? Ahora mismo voy a hacerles callarse para siempre. Yo pagué la sidra para todos, y no he de consentir que…

19

Remedios: *(Deteniéndole)* No hagas eso, déjalos que canten lo que quieran, que, si ven que yes tú el que i os prohíbe cantar eso de la 'xente marinera', queda to descubierto...

Pepe Luis: Eso es verdad. Pues para desvanecer toda sospecha, yo mismo les haré venir a cantar a tu casa. ¿Te parece bien?

Remedios: No me parez mal.

Pepe Luis: *(Con ansiedad)* ¿A las nueve en el muelle...? Allí estará el auto...

Remedios: *(Cada vez más vacilante)* Pero, oye, ¿y mi padre? A esi ye al que más siento dai un disgusto. Porque ye el más buenu de todos. Non pierde el humor, y ya ves que non i falten motivos pa estar amargau. Los vapores de tu padre non acaben de quedar reparaos, y así, desembarcau como está...

Pepe Luis: Pero mi padre cuenta con él siempre; no deja de ayudarle, de ayudaros, como tú sabes, y él seguirá siendo el patrón de uno de nuestros mejores barcos.

Remedios: ¿Y después que yo me marche contigo...?

Pepe Luis: ¿Es que te arrepientes ahora? Anda, guapa, ¡menudo viaje! A León primero, después a Madrid; más tarde, ¡ya veremos adónde iremos más tarde!

Ramonín: *(Dejando su tarea de destructor de navíos, y viniendo hacia los que charlan)* Remedios, lleváime a mí.

Remedios: *(Muy asustada, pues se había olvidado del peque)* ¡Ay! *(Le acaricia)* Ramonín, ¿estabes aquí?

Ramonín: *(Gimoteando)* ¡Quiero ir con vosotros a Madriz!

Pepe Luis: *(Para sí)* ¡Ay, el niño! ¡Nos ha matao! *(También acaricia al chico)*

Remedios: *(Muy nerviosa y mirando a todas partes, por si les oyen)* Sí, monín, ya irás con nosotros.

Pepe Luis: *(Le da cinco pesetas a Ramonín)* Toma, Ramonín, estas cinco pesetas para ti; pero con una condición, que no digas que has visto aquí a Pepe Luis hablando con tu hermana Remedios. No sé te olvide, ¿eh, peque? A ver, repite lo que te dije.

Ramonín: Estes cinco pesetes son pa mí, con la condición de que non diga que vi a Pepe Luis en esti sitiu hablando con Remedios, la mi hermana.

Pepe Luis: *(Respira tranquilo)* Muy bien.

Remedios: Y ahora, ¿cómo se diz, Ramonín?

Ramonín: *(Guardándose el billete, muy contento)* ¡Ganariola!

Pepe Luis: *(A Remedios)* ¿Decidida...?

Remedios: Non, todavía non... ya lo pensaré.

Pepe Luis: Me lo mandas a decir después, cuando vengan los amigos del chigre. Mi amigo de confianza, el 'Posturas', se acercará a ti, discretamente, y te dirá una hora. A esa hora te espero en el muelle. ¿Irás? ¿Sí... o sí? *(Baja ella los ojos, y él desaparece. Remedios se va al interior de la casa, y Ramonín queda afanado con su barco)*

21

Escena V
Bonifacio y Ramonín

Bonifacio es un hombre de unos 46 años que viste modestamente y con limpieza.

Bonifacio: ¡Hola, Ramonín! ¿Seguinos dominando?

Ramonín: Ayer, na playa, 'Los Tigres d'Encimavilla' ganemos a 'Los Leones del Fomento' por diez a uno.

Bonifacio: *(Repara en el barco)* Un poco tigre sí yes, porque de seguir así, desguaces esa goleta. Hay que tensar el cable de esi foque, que quedo así arranchau, y eso non pue ser, porque el barcu va navegando en bolina. ¿Non lu ves? El palu mesana también me lu tumbaste pa un lao, de manera que la goleta tenía que quedar escorá. ¡Y esi botalón! ¡Falten-y dos o tres vientos. ¡Huy, huy, huy! ¿Tú qué ficiste, muchachu? Arreglar esti barcu va costar más cuartos que reparar un vapor de Don Senén.

Ramonín: ¡Tengo yo más dinero...! Mire. *(Muestra las cinco pesetas)*

Bonifacio: Un duru. *(Extrañado)* ¿Quién te lu dio, rapaz?

Ramonín: ¡Ganariola!

Bonifacio: ¿Quién ye esi señor?

Ramonín: ¡Ganariola!

Bonifacio: *(Cada vez más extrañado)* A ver, a ver, monín. ¿Cómo ganaste eses cinco pesetes?

Ramonín: *(Como un papagayo)* Estes cinco pesetes son pa mí, con la condición de que non diga que vi a Pepe Luis en esti sitiu, hablando con la mi hermana Remedios.

Bonifacio: *(Se pone serio)* ¿Sí...? ¡Ay, mi madre! *(Caviloso, se rasca la cabeza)* Paezme que voy entendiendo. ¿Y qué más, y qué más? *(Se sienta, acercando a pequeño a su regazo, como para confesarle. Vuelve Cipriana, se hace luz en la habitación, pues ya es noche)*

Escena VI
Dichos, Cipriana y Chatarra; al final, el Descarrilau

Cipriana: *(Repara en el billete que tiene en sus manos Ramonín)* ¡Madre! ¿Cómo tien el neñu esi dineral de dineru?

Bonifacio: Ya te lo explicaré. Ahora, déjanos a los dos. *(Sigue interrogando al muchacho. Se oye la voz de Chatarra, que canta en la calle)*

Chatarra:
A beber, a beber
y a apurar... *(Entra)*
las copas de licor...

Cipriana: De licor, ¿eh? Sidrina, y gracias.

Chatarra: *(Ha bebido, y está alegre, no borracho de caerse. Viene lo que se dice 'enfilau')* Gracies al fíu de don Senén, que ye un rapaz que non tien ná suyo. Ye un barbián, pagando. En el chigre pagó la sidra de toos los que estábamos allí, y a mí,

23

además, de espuela, dos copes de coñá; conque mira si hay licor o non hay licor.

Cipriana: Bueno. Manes arriba. *(Chatarra obedece, y la mujer lo registra de arriba abajo)* ¿Ónde está lo que ganaste a la lotería?

Chatarra: Perdílo al mus.

Cipriana: ¿Pero non te quedó ná?

Chatarra: Nin gorda; es decir, sí, quedóme una gorda, que yes tú. *(Sigue la mujer muy afanada en el cacheo; sin sacar las manos de los bolsillos de Ramiro, va preguntando según registra)* ¡Cuidao, Cipria, que me faes rebalguinos!

Cipriana: ¿Qué ye esto?

Chatarra: Un anzuelu.

Cipriana: ¿Y esto?

Chatarra: Cordel de congrio.

Cipriana: ¿Y esto? ¿Ye cosa de comer?

Chatarra: Sí, ye xorra pal cebu. *(Expresión de repugnancia de Cipriana)* De comer ye.

Bonifacio: *(A Ramonín)* Bueno, chaval, tú lo ganaste, pa ti ye; guárdalo bien. *(Sale el chiquillo por la izquierda. El patrón se vuelve a los otros dos)*

Escena VII
Bonifacio, Chatarra, Cipriana; al final, el Descarrilau

Bonifacio: ¡Mi madre, un atraco! *(Comprendiendo, dirige la vista a la altura)* Manolo, baja y mira esto. *(Cesa el cacheo. Bonifacio repara en el estado de*

Chatarra) ¿Qué… ya…? (Ademán de empinar el codo)

Chatarra: Non, ajumau del to, non, Bonifacio; un poquiñín enfilau ná más.

Bonifacio: Tajá completa, Chatarra, porque tú, en cuanto la coges, non cantes más que "Marina".

Chatarra: Ye que ye la mejor música. *(Canta)*

Dichoso aquel que tiene…

Bueno, yo non puedo cantar "Marina".

Bonifacio: Ya non la cantes, pero sigues representándola. *(Ademán de beber)*

Chatarra: Después de tó, el que sal perdiendo soy yo solu, que perjudico la salú y ya non puedo cantar nin "Marina", nin ná. Mira, Ciprianina del alma, voy contate una cosa que aprendí en Andalucía y que ye mucha verdá: El que bebe se emborracha, el que se emborracha duerme, el que duerme non peca, el que non peca va'l Cielo; puesto que al Cielo vamos, ¡bebamos!

Cipriana: *(A Bonifacio)* ¿Supiste algo del vapor?

Bonifacio: Que va a tardar en acabase la reparación. Hay que esperar sentaos, Cipriana; decíen que era cosa de un par de semanas, pero paezme a mí que hay pa un par de meses entovía.

Cipriana: Lo peor ye que los que non esperen son los que llamen a la puerta con les cuentes. La única que sentí non poder pagar fue la suscrición de la Virgen de la Soledad. Mandé volver a la muyerina que cobra, creyendo que había de sacai yo a esti mangante *(Por Chatarra)* lo que ganó a la lotería, y, ya ves, jugómelo a les cartes.

Bonifacio: *(Sacándose los forros de los bolsillos)* Pos yo, por ahora, vistu, palmau y arrascau.

Cipriana: Non te disgustes por eso, ya embarcarás; con la ayuda de Dios, too ha de arreglase.

Bonifacio: Nunca llovió que no abocanara. Les coses de la mar son así; unes veces, temporal que paez que va a traganos, y otres, bonanza.

Cipriana: Dios aprieta, pero non afuega.

Bonifacio: Y a mal tiempu, buena cara. *(Mutis interior)*

Cipriana: *(Dirigiéndose a Chatarra)* ¿Y dices tú que te convidó el fíu de don Senén?

Chatarra: Sí.

Cipriana: ¿Cómo así, Ramiro?

Chatarra: ¡Bah! ¿Qué sé yo? Habrei caído simpáticu. Además, non ye la primera vez que me convida.

Cipriana: Pos munchu cuidao con que lo sepa Bonifacio, ¿entiéndeslo?

Chatarra: *(Extrañado)* ¿Entendelo yo? Nin pizca.

Descarrilau: *(Viene de la calle, con unos paquetes y una botella mediada de vino)* Cipriana.

Cipriana: ¿Qué te pasa, neñu? A ver. *(Examina el contenido de los paquetes. Coge uno de ellos)* Traésme de más. ¿Qué ye esto?

Descarrilau: Azúcar.

Cipriana: Yo non te mandé traelo.

Descarrilau: Ya lo sé. Diómelo pa usted mi tía Telvina.

Cipriana: *(Agradecida)* Vaya, coses de Telvina la viuda, la 'Rescamplá', que siempre ye la misma. ¿A ver, esto otro? Aquí, en cambiu, falta algo. ¿Comístelo tú?

Descarrilau: *(Protestando)* ¡Non, señora; yo non comí ná!

Bonifacio: Pa ser, como yes, un 'capitalista', poco crédito tienes, rapaz. Yo doi la razón a esti probe. Non comió ná, non lu calunies.

Descarrilau: *(Cogiendo la botella, y mostrándola)* Lo que fizo fue beber, ¿verdá, monín? Ya ves cómo tien razón Cipriano. Non comió, bebió ná más.

Cipriana: *(Amenazante)* ¡Mátolu!

Bonifacio: *(A Antón)* Oye, Bombita, ¿tú sabes lo que ye una faena difícil? Pos está ye de órdago. ¿A ver cómo despaches a esa fiera? *(Entra en la casa)*

Escena VIII
Cipriana, Chatarra y Descarrilau

Descarrilau: Cipriana, está ahí don Senén, el de los vapores; diz que quier ver a Bonifacio. *(La noticia causa sensación)*

Cipriana: ¿Qué quier ver a Bonifacio?

Descarrilau: Sí; está a la puerta. ¿Digoi qué pase?

Cipriana: *(Aturdida y hablando consigo misma)* ¿Qué será esto? ¿A qué vendrá esti señor a esta casa? A mi figúraseme que a ná bueno. ¿Será por el cuentu del su fíu y de Remedios? ¡Virgen de la Soledad! *(Con gran apresuramiento va de un lado a otro; hace uso del mandil que lleva, y se dedica a limpiar los muebles, muy especialmente la bola de plata; quisiera ponerlo todo en orden, en un dos por tres)*

Descarrilau: Entós, ¿qué? ¿Dígoilo?

Cipriana: Sí, que pase; pero aguarda un poco. Tú, Ramiro, anda p'adelante. *(Empujándole)*

Chatarra: ¡Ya voy, hom, ya voy; non emburries! *(Vuelve a su canción)*

Dichoso aquel que tiene…

Cipriana: Non cantes eso ahora, que esti señor tien muchu dineru, y pué creer que va por él. *(El Descarrilau atraviesa la escena, en dirección al interior, dando pases de todas las marcas)* Avisa a Bonifacio; que venga pronto, que yo non sé que i decir a esti señor.

Escena IX
Cipriana y don Senén; después, Bonifacio

D. Senén: *(Es un señor de unos 60 años. Viste pulcramente y se expresa con toda corrección)* Muy buenos días.

Cipriana: *(Está realmente volada; no sabe cómo ha de producirse en su conversación con el recién llegado)* Santos y buenos nos los dé Dios. Pase, pase, está usté en su casa.

28

D. Senén: Muchísimas gracias.

Cipriana: Tantos sean sus días.

D. Senén: *(La mira extrañado)* Es el caso que...

Cipriana: Siéntese, señor, siéntese con toda confianza. *(Limpia una silla; pero el visitante no se sienta)*

D. Senén: Le juro que yo veo todo esto como una prolongación de mi propia casa.

Cipriana: Otros tan buenos lu miren. (¿Diráse así? Paezme que estoy metiendo la pata. ¡Ay, Cipriana, tú non naciste pa estes finures!) *(Pausa)*

D. Senén: Pues verá usted...

Cipriana: ¡Ay! Non está él; es decir, sí...

D. Senén: ¿Quién es él?

Cipriana: Bonifacio, el mi hermanu.

D. Senén: Con ese es con quién quisiera hablar.

Cipriana: Pos ahora mismo... (Si non vien pronto, arreviento.) *(Llamando)* ¡Bonifacio...! (¡Non puedo más!) *(Aparece Bonifacio)* ¡Creí que non veníes nunca! *(Se vuelve muy ceremoniosa al visitante)* Vaya, buenes tardes, don Senenín, y lu acompaño en el pensamiento. (Esto paezme que está ben dicho)

D. Senén: Buenas tardes.

Escena X
Bonifacio y Don Senén

D. Senén: ¡Amigo Bonifacio!

Bonifacio: Home, siéntese, que entoavía queda alguna silla en casa. *(Después de estrecharse la mano, se sientan. El visitante está visiblemente afligido)* ¿Qué ye lo que i pasa, don Senén? Trai cara de disgusto.

D. Senén: Muy grande, Bonifacio. Eres un buen amigo, y por eso vengo a ti antes que a nadie. Tú defendiste siempre como un bravo mis barcos, que era defender todos mis intereses; frente al mar y hasta frente a los pleitos sociales... ¡Ay, aquellos mareantes! Esos eran los buenos.

Bonifacio: Yo siempre fui del gremio, y a mucha honra; algún disgusto me tién costao. Pero vamos a lo de usté.

D. Senén: Tú te comportaste, digo, como una persona honrada y leal. Si yo te dijera que eres mi mejor amigo...

Bonifacio: ¿A qué vien eso ahora? Non hable de mí, que non val la pena.

D. Senén: Sí, Bonifacio; en estos momentos es cuando hay que reconocer lo que vale un hombre que sabe serlo. *(Pausa)* Tú esperas, con razón -yo mismo te pedí que esperaras-, que mis parejas estén en condiciones de volver a la pesca.

Bonifacio: Así ye. Con ellos teníamos el pan nuestro de cada día; pero sin ellos, el pan nuestro, un día sí... y otru non.

D. Senén: La ayuda que te venía prestando, mientras esta situación se prolongaba, comprendo que era exigua. Pues bien, ha llegado el momento…

Bonifacio: *(Interrumpe)* ¿De quitámela? *(Don Senén asiente con la cabeza)* ¡Y qué! Si les coses van mal, ¡qué se va facer, don Senén? Usté, por mí, non se preocupe.

D. Senén: No es eso, Bonifacio; mejor dicho no es eso solamente. Es que los vapores no van a poder ser reparados, y, si lo fuesen, no volverán a ser míos.

Bonifacio: ¿Cómo, cómo diz?

D. Senén: Que no podrás embarcar tan pronto como tú deseas. ¡Qué estoy arruinado! ¡Todo se fue a pique! El mar es insaciable. Es también engañoso. Decís muy bien vosotros cuando cantáis: "ese mar que veis tan bello es traidor." Nos seduce, nos engaña, estimula nuestras ilusiones con pingües ganancias; pero, de pronto, nos lo quita todo, y a punto está de quitarnos hasta la vida.

Bonifacio: *(No deja de impresionarle la noticia. Se abre una pausa. El patrón se pone en pie, y mira al cielo, como pidiendo la protección divina)* ¡Ay! Manolo… Manolín.

D. Senén: La quiebra, la catástrofe. Y en este naufragio, yo te aseguro que no se salva nada, Bonifacio. Tú eres el primero en saberlo. Estuve capeando el temporal, sin que nadie de los míos, ni los que me rodean, se enterasen; pero ha llegado el momento de pregonarlo.

¡No soy nada! La casa de Senén Rodríguez se arruinó. ¡Qué vergüenza! Si no fuera porque tengo hijos, me quitaría del medio…

Bonifacio: ¿Qué diz, hom? Hay que tener más correa, don Senén. El temporal ye duru. Verdaderamente mata un caballu, hablando mal y con perdón; pero hay que ser valiente. Por mí, ya i lo digo, non se preocupe. Nosotros, con apretar un poco más el 'centurión', estamos listos. Lo peor ye pa ustedes… Les comodidaes, el automóvil del rapaz…

D. Senén: ¡Ah, no, eso no! Nada de eso me preocupa. Durante nuestra guerra, en medio de las persecuciones y de los robos de que fui víctima, he demostrado que yo sabía ser pobre; no me costaba trabajo serlo. ¿No es así? Tú lo sabes bien. Ni a mí, ni a nadie de los míos.

Bonifacio: Así ye. Y a propósito de la guerra, después de lo que pasó, non hay que asustase de ná, don Senén. La guerra enseñónos muches coses, entre otres, que tien que haber menos ricos pa que haiga menos probes. No hay que asustase. Pero sucede también que, mientras por les calles vemos a los señores, muy señores, con el capachu, camín de la plaza o de la tienda, les rapaces como la mi fía, que non tién donde caese muerta, non dan golpe en casa, tienen a menos el dir a los recaos, y pasen el día emborrachándose la boca de chorizu y arremangando les sayes cada vez más, que non sé hasta dónde van a llegar…

D. Senén: Lo que en aquellas circunstancias difíciles quería yo salvar, que era mi familia, su buen nombre y sus creencias, estaba a salvo. Lo demás, ¡psé…! Pero ahora es mi crédito comercial, aquel buen nombre de toda mi vida, son las muchas familias que vivían al calor de mis negocios ¡Cuánta gente sin pan y en la calle! Y a mis años, ¡será imposible que yo pueda reparar tanta desgracia! *(En pie, despidiéndose)* Ya lo sabes, Bonifacio. He querido desahogar mi amargura con el amigo leal y bueno que sabe serlo en la ventura y en la adversidad. *(Don Senén abraza a su patrón)* Perdona, y adiós, buen amigo. *(Vase)*

Bonifacio: Pos el tiempu non amaina, Bonifacio. La cerrazón ye completa. *(Se queda perplejo, y viniendo luego hacia las candilejas, mira de nuevo a la altura)* ¡Manolín!

Escena XI
Bonifacio y Cipriana; luego, Telvina

Cipriana: ¿Ya marchó?

Bonifacio: *(Mirando en derredor suyo)* Yo non lu veo por aquí.

Cipriana: ¿Y qué? ¿Será verdá que está arruinau? Cuéntame, cuéntame.

Bonifacio: ¿Yo qué voy a contate, si, por lo que veo, oístelo tú tan bien como yo?

Cipriana: ¡Qué aquello yes, Boni!

Bonifacio: El casu ye que a mi dame lástima de él.

Cipriana: ¡Y a mí también!

Bonifacio: Bueno, seguimos desembarcaos. Y Chatarra, el fogoneru, va tener que dedicase a encendete el fueu de la cocina, si hay con qué, porque esto veólo yo muy negro, Cipriana...

Telvina: *(Entra)* ¿Estorbo?

Cipriana: ¡Qué coses tienes! Hasta la cocina, neña, hasta la cocina.

Telvina: ¿Está aquí el mi sobrín?

Cipriana: Ahí está, tan 'descarrilau' como siempre.

Telvina: Esti neñu sácame de sentidu, con lo dichosos toros. Tomai. *(Sobre la mesa deja un paquete)*

Cipriana: ¿Qué ye?

Telvina: Unos choricinos. Hice un poco de 'sanmartín', y quiero que lo probéis. Lo de España ye de los españoles, ¿non se diz así? Lo mío ye vuestro, y hoy por ti y por mí, mañana.

Bonifacio: Hables bien, Telvina. Yo non sé qué decite. Lo que tú faes, con azúcar está mejor, mucho mejor.

Telvina: *(Sin dar importancia a lo que hace)* ¡Bah! *(Pausa)* ¿Salía de aquí don Senén el de los vapores?

Bonifacio: De aquí salió, sí.

Telvina: Parecía que iba un poco triste.

Cipriana: Non i faltarán motivos.

Telvina: *(A Bonifacio)* ¿Dióte buenes noticies? ¿Saldrán pronto a la mar les sus parejes?

Bonifacio: Toavía, Telva, toavía hay que esperar un cachu.

Telvina: ¡Vaya por Dios! Bueno, decii al mi sobrín que vaya pa casa pronto. ¡Qué rapaz esti! Siempre está en casa ajena. ¡Cómo si él non tuviera la suya!

Cipriana: Adiós y gracies por tó, Telvina. *(Después que ha salido a la calle)* Esta neña tien muy buen corazón. Ye un poquiñín 'importona', porque non vino más que a saber el porqué de la visita de don Senén…

Bonifacio: ¿Vas a despelleyala, encima de traenos toes eses coses? Si vien a saber, cara i cuesta la información. Non, Cipriana, date cuenta de que lo que fai más ye caridá que otra cosa. Ella sabe cómo lo estamos pasando, y un día: "Esto, pa que lo probéis", otru: "Cipriana, ven a tomar el chocolate a mi casa", y otru: "Mirai que vino tan rico me regalaron", y déjanos una o dos botelles. Así hay días, ya lo sabes tú, que aquí non se come más que lo que ella trai. Y failo tan bien, tan bien, que non i puedes decir ná, como non sean palabres de agradecimientu.

Cipriana: Así ye, Bonifacio, así ye. *(Vuelve a oírse dentro el coro del principio. Viene hacia la casa, esta vez cantando un pasacalle)* Otra vez esos rapazos que canten. *(Se asoma al balcón)*

Bonifacio: Pos non estamos pa músiques.

Cipriana: Paezme que vienen p'aquí. ¿Qué facemos, Bonifacio?

Bonifacio: *(Después de pensarlo)* Mira, déjalos que pasen; too non han de ser tristeces.

35

Escena XII

Dichos, Remedios, Chatarra, el Descarrilau,
Ramonín, Postures, Quico Tonaes, y coro.

*(Del interior de la casa sale Remedios, seguida de
Chatarra, Ramonín y el Descarrilau. El coro, del que
forman parte Posturas y Quico, da una vuelta por la
estancia, y ya va a salir, pero Bonifacio le detiene.)*

Coro: *(Ha entrado cantando este pasacalle)*
Somos los d'Encimavilla,
que van a pescar musiones,
que les merluces marcharon,
por mieu a los tiburones.
Aunque marche la merluza,
será muy fácil pescala,
si damos una vueltina
por el chigre de Zabala.

Bonifacio: Alto. ¿Ónde vais, hom? Por lo menos, un
par de corinos ya los echareis. Aquí, dineru non
lu habrá, pero humor… humor non falta,
¿verdá, Chatarra?

Ramonín: ¡Qué canten, qué canten!

Descarrilau: ¡Qué canten flamenco!

Cipriana: Cantai "Cuando en la playa mi bella Lola".

Bonifacio: ¡Atrasá!

Cipriana: Bueno, pero que non canten lo de "No
hay quien pueda con la xente marinera". ¡Ay,
eso non!

Bonifacio: ¿Por qué, hom?

36

Cipriana: Yo me entiendo.

Posturas: *(Se acerca a Remedios y habla con ella sigilosamente. Es un andaluz aflamencado que está al servicio de Pepe Luis)* M'ha dicho Pepe Luis que no se t'orvíe el encargo que t'ha dao. Que tié que ser a las nueve en punto.

Remedios: *(Nerviosa)* ¡Ay, calla, que pueden oílo!

Posturas: ¿Qué le digo? *(Viéndola dudar)* Tú verá, niña, lo que te conviene.

Remedios: *(Decidida)* Que sí, que iré.

Posturas: ¿A las nueve?

Remedios: A las nueve.

Posturas: ¡Olé! *(Se va hacia el grupo, castañetando los dedos y contoneándose. El coro canta una canción de sabor popular, siempre acompañado de guitarras)*

Bonifacio: *(Después que terminó el coro)* Ahora, los solos, porque tien que haber solos. Tú, Postures, arráncate, por soleaes o fandanguillos... Non sé por qué, pero a toos los d'Encimavilla gústanos el flamenco. Y tú, Quico, echa una de les tuyes, que por algo te llamen Quico 'Tonaes'; pero una asturianá de les buenes, que eses sí que me gusten tamién.

Posturas: Pos allá va un fandanguillo.

Bonifacio: *(Cortándole)* Oye, Posturines. ¿En esi fandanguillo háblase de alguna gitana disgraciá, que la dejó el payo y que tien muchos disgustos?

Posturas: Ná de eso, no, señor.

Bonifacio: Menos mal, porque ya estoy hasta aquí de morenes clares y oscures, de Maríes de la O y de la A, y de toes les desgracies que i pasen a la tan distinguida y acreditá familia de los gitanos.

Posturas: *(Canta el fandanguillo, acompañado por una guitarra)*

Con malísima intención
me dieron la puñalada.
Si la guía tu mirada,
me da en el corazón,
¡Por eso no ha sido nada!

Descarrilau: *(Entusiasmado)* ¡Mejor que Chacón y que el 'Niño Marchena'!

Bonifacio: Está bien, pero non me gusten les puñalaes. *(Se acerca a Quico)* ¿Vas a consentir que te achique esi? Atácalu por sotavento.

Quico: ¿A quién? ¿A mí, hom? *(Canta una asturianada)*

Bonifacio: *(Al oído de Quico)* Dejástelu escorau. *(Confidencial, al Posturas)* Esi diz *(Por Quico)* que a él non lu apabulles tú, cantando…

Posturas: ¿Qué no? Ahora va usté a ve… *(Nueva copla. Los dos cantadores están en actitud de reto y de competencia, mirándose agresivamente. Bonifacio se muestra complacido)*

Bonifacio: *(A Cipriana)* ¡Vaya concierto gratis! ¡Ni en el Robledo! *(Posturas y Quico se miran, como queriendo agredirse)*

Cipriana: Poco a poco, en mi casa non quiero quimeres. La culpa de esto tienesla tú, Bonifacio, que los están encerrizando.

Quico: ¡Si ye esti flamencu de mala pata, que diz que va achícame, y si i pego un tortazu da pa siete y la maza!

Posturas: *(Con grandes aspavientos)* Pos, sí señó; te achico. ¿Qué pasa?

Descarrilau: ¡Va haber hule!

Bonifacio: *(Conciliador)* Bueno, bueno, non hay que apúrase. Yo conozco bien a los flamencos. Too eso ye pa calor.

Posturas: ¿Pa caló, na má?

Quico: Sí, ¡babayu!

Posturas: *(Descompuesto)* ¿Yo, babayu? ¿A mí llamarme babayu?

Bonifacio: Pero ven p'acá, Postures. ¿Tú sabes lo que quier decir eso de babayu?

Posturas: *(Perplejo)* Home no, no lo sé…

Bonifacio: Entós, ¿por qué te enfades… babayu?

Posturas: ¿Otra vez? ¡Mardita sea…!

Bonifacio: Mira, en esti pueblu tenemos de too. ¡No hay pueblu como esti! Aquí, si nos ponemos, cantamos bárbaramente. Bueno, canten. Bajos, tenores, barítonos, tiples, tenemos de too.

Chatarra: *(Se adelanta cantando su música predilecta)*

> Oliendo a brea,
> oliendo a brea…

Bonifacio: *(La misma música)*

> Non faigáis ningún casu
> de esta marea.

39

Cipriana: *(Retira hacia un lado a Chatarra)* ¿Oliendo a brea? ¡Oliendo a sidra, jumatán!

Chatarra: ¡Qué inorancia! ¡La mejor música del mundo!

Bonifacio: *(A Posturas)* Aquí hay de too. ¿Quiés ver un torero? *(Al Descarrilau)* Belmonte, dai un par de pases a esti… ¿Quiés ver un fubolista que va pa internacional? Ramonín, atizai a esti una patá na espinilla… ¡Si no hay pueblu como esti!

Cipriana: Bueno, tengamos la fiesta en paz, que ya ye de noche, y hay que descansar. *(Se organiza otra vez el coro, y dando una nueva vuelta por la escena, sale cantando el pasacalle con que entró en la casa. Remedios mira desde el balcón, y se retira al interior; Ramonín y el Descarrilau la siguen. Cipriama enciende la lamparilla, ante la imagen de la Soledad)*

Chatarra: ¿Quier decise que hay que dir pa la cama?

Bonifacio: ¡Cómo non quieras empalmala!

Cipriana: *(A Bonifacio)* ¿Prepárote la cena?

Bonifacio: Sí, voy enseguida. *(Salen Cipriana y Ramiro, y Bonifacio se queda solo, lleno de preocupaciones. Se asoma a la ventana, de modo que la cortina le oculta a los ojos de los que salgan por la izquierda. Silencio. Transcurren unos instantes)*

Escena XIII
Bonifacio y Remedios

(Sale la joven, decidida, con un bolso bajo el brazo. Al pasar junto a la red está a punto de caerse porque se enreda en ella. Su padre, en tal instante, la llama)

Bonifacio: Remedios.
Remedios: *(Desconcertadísima)* ¡Ay!
Bonifacio: ¿A dónde ibes?
Remedios: *(Sin saber que decir)* Ahí, a... *(Silencio angustioso)*
Bonifacio: *(Profundamenete emocionado)* Remedios, oye una cosa... *(Pausa)* ¿Tú quies un poco a tu padre?
Remedios: ¡Qué preguntes tien, padre!
Bonifacio: ¿Y seríes capaz de dejalu solu...? *(Nuevo silencio)* Non se pueden facer ciertes coses que están mal feches. Ya ves, por poco caes en la red, como un pexe cualquiera *(Llaman a la puerta de la calle. Va a abrir Bonifacio, y allí recoge un recibo que le entregan)* La suscrición pa la Virgen de la Soledá. *(Se toca los bolsillos)* El casu ye que... Pero aguarde, muyerina. *(A la que se supone que espera en la puerta. Llama)* ¡Ramonín! ¡Ramonín...!

Escena XIV
Dichos y Ramonín

Bonifacio: Oye, guapu, dai eses cinco pesetes que tienes a la tu hermana.

Ramonín: *(Resistiéndose)* Yo; no, ¡son míes…!

Bonifacio: *(Serio)* Dailes. *(El muchacho entrega el billete a Remedios, que lo recoge como si le quemara en las manos)* Ahora, tú, Remedinos, entrégales a la muyer de la suscrición. *(Obedece la muchacha, sintiéndose totalmente descubierta en sus planes)* El añu que menos cuartos hay en casa de Bonifacio, ye el añu que más dineru sal d'aquí pa la nuestra Virgen. *(Remedios rompe a llorar. Bonifacio se sienta y atrae hacia sí a sus dos hijos, mirando al cielo y abrazándoles)* ¡Manolín!, gracies, estás portándote. Gracies… gracies… *(Fuera vuelve a sonar la canción)*

No hay quien pueda,
no hay quien pueda
con la gente marinera…

Y va cayendo lentamente el

TELÓN

42

ACTO SEGUNDO

Una plazoleta típica del barrio de pescadores. Casas a uno y otro lado, algunas con corredor saliente de madera. Todas las ventanas aparecen engalanadas con colchas que hacen de colgaduras. En casi todas las fachadas hay, puestas a secar, redes de pesca y ropas propias de los marineros. La casa que aparece a la izquierda es la de Bonifacio, el patrón. Tiene balcones y puerta de la calle practicables. El rompimiento es una cuesta empedrada que se prolonga hacia la derecha. En primer término, calles a ambos lados. Es, pues, este un cuadro de mucho carácter del barrio de Cimadevilla.

Amanece cuando la acción comienza. Muy lejanos, suenan el clarín, el tambor y la carraca, anunciando al vecindario la próxima salida de la procesión de la Soledad de María, que anualmente sale de la iglesia de San Pedro al alba del Sábado Santo.

Escena I

Remedios, Pepe Luis, Posturas, Ramonín, Antón, el Descarrilau; después, Quico Tonaes y Cipriana.

(A un lado charlan Pepe Luis y Remedios, los demás forman grupos aparte)

Remedios: No, Pepe Luis, no debes esperar aquí la procesión; vete a vela a otru sitiu.

Pepe Luis: ¿Pero es que la calle no es de todos?

Remedios: Sí, pero podemos tener un disgunto, porque mi tía Cipriana cree que esta calle ye suya ná más, y ye capaz de despachanos a toos. Y a ti, el primeru.

Una voz: *(Dentro y lejana)* ¡Cefero, pa la mar!

Pepe Luis: Pues yo aquí me quedo. Esta procesión de la Semana Santa hace ya muchos años que no sale. Aquí venía yo siempre con mi padre a verla, y en este mismo sitio he de volver a presenciarla.

Remedios: Allá tú, pero que no nos vean hablar.

Pepe Luis: ¿Por qué no?

Remedios: Tú no pierdes, yo sí.

Pepe Luis: ¿Qué has de perder tú?

Remedios: Por el mundo y el qué dirán, nada me importa. Ya sabes que a ti quiérote…

Pepe Luis: Y yo a ti, Remedios.

Remedios: Bueno, eso vamos a dejalo.

Pepe Luis: *(Ofendido)* ¡Qué sí!

Remedios: El que me importa, ya te lo dije, ye mi padre, que non merez que se i dé un disgusto.

44

Desde el día aquel, que yo traté de escapame contigo, no sabe dónde va a poneme. No me quita gusto, pero noto yo que no está tranquilu. Cogióme en la red, como él diz, y fue verdá, Pepe Luis; yo no sabía qué hacer, estaba como atolondrada. Non quería dejalu a él, ni quería que tú te enfadases por el plantón.

Pepe Luis: ¡Tres horas estuve al lado de aquel farol!

Remedios: Perdóname. Ahora, que no quisiera que mi padre te viese aquí...

Pepe Luis: Pero, ¿es qué...?

Una voz: *(Más cercana)* ¡Ulogio, pa la mar...! *(Continúan hablando. Cuesta abajo, descompuesto y aterrorizado, llega Quico Tonaes. Todos escuchan con ansiedad lo que cuenta)*

Quico: ¡Ay...! ¡Ay...! *(Cobrando alientos)* ¡Mi madre, qué sustu! *(Todos le rodean)* Creí que palmaba allí mismo...

Remedios: ¿Qué pasó?

Quico: ¡Casi ná!

Posturas: *(Temblando)* ¡Qu'ha sucedío, niño? ¡Habla ya!

Quico: ¡Una marimanta!

Remedios: ¡Ay!

Posturas: ¿Qué es una marimanta?

Pepe Luis: Un fantasma. *(Gesto de miedo del Posturas. Todos se asustan y retroceden espantados)*

Ramonín: *(Cogiéndose a las faldas de Remedios)* ¡Quiero ir con mi padre! ¡Tengo mieu!

Pepe Luis: *(Al peque)* Calla, monín.

Descarrilau: *(Jactancioso)* ¡Fantasmes a mí! Voy a por él.

Posturas: ¡Eso! ¡Olé los valientes! *(El Descarrilau inicia la salida con aire de desafío, como si fuera en busca del toro, hacia el fondo. Siente miedo como el que más, pero trata de disimularlo. Se detiene varias veces. Vuelven a sonar el clarín, el tambor y la carraca, y el Descarrilau se queda como petrificado)*

Descarrilau: Ya toquen… ¡Tantes veces tengo oído el clarín pa salir el toro…! Pero yo, ¡tan impávidu como ahora…! ¡A por la marimanta! ¿Cómo queréis que la traiga? ¿Entera o en cachinos? *(Al fin, sigue su camino. Todos esperan sobrecogidos. El Descarrilau se pierde un instante en la cuesta)*

Cipriana: *(Asómase al corredor de la casa, donde pone una colcha como colgadura, y observa el cuadro)* ¡Madre!, ¿qué ye lo que pasa aquí? *(La voz de la mujer asusta sobremanera a los de la calle, que no la veían, y que están que no les llega la camisa al cuerpo)*

Remedios: ¡Ay, tía, qué sustu nos dió!

Cipriana: ¡Teneislo bien delicao! ¿Vistéis por ahí al mi Chatarra?

Quico: ¿Quién piensa ahora en Chatarra?

Cipriana: Pos salió bien temprano de casa. ¿En qué chigre estará ya metidu? ¿Pero qué miráis…?

Quico: Una marimanta que está en esa calle. Yo mismu la vi.

Cipriana: ¿Y cómo ye, rapaz?

Quico: Como un hombre muy grandón, muy grandón, ¡con unes sayes y unes mangues… y una lanza!

Cipriana: *(Ríe y, cantando, baja a reunirse con los de la plaza)*

Dicen que hay un hombrón,
con un camisón,
que a los neños lleva…

(Vuelve el Descarrilau demudado. Ya no puede ocultar su pánico. Todos le interrogan con ansiedad)

Remedios: ¿Qué… qué?

Posturas: ¡Habla ya, niño!

Cipriana: ¡Acaba, neñu!

Descarrilau: Que ye verdá… que ye una marinanta. Estaba en mitá la calle… Como non amaneció del too, yo non pude vela bien; pero paez que vien p'acá… *(Nuevo estremecimiento de terror en todos)*

Pepe Luis: *(Que se ha asomado al fondo)* Pues es verdad; ahí viene… *(Todos se apelotonan a un lado, como dispuestos a morir. Pausa. Al fin, en la cuesta, andando lentamente, aparece Ramiro, el Chatarra, vestido con un ropón morado, sujeto a la cintura por un cordón, y cubierta la cabeza por un gorro formado con la misma túnica, y que casi le cubre los ojos. En la mano trae la vara que sirve de soporte para conducir los pasos de las procesiones. Avanza hacia el centro, y allí, descubre totalmente el rostro. Al reconocerlo, todos respiran con satisfacción)*

Escena II

Dichos y Chatarra; al final, Bonifacio

Cipriana: ¿Y era ésta la marimanta? ¡Por bien poco vos asustáis!

Quico: Ramiro, ¿qué vestíu ye esi? ¿Vas ofrecíu pal 'Dehomo' de Noreña?

Chatarra: Si supiereis lo a gusto que ando con esti hábitu. ¡Ya era hora de que pudiera ponelu! Ocho años, ná menos, viendo la Semana Santa pasar, yo sin poder vestime de estes maneres, pa llevar la Dolorosa como la llevaron mi padre y mi güelu, y creo que tamién el mi tartaragüelu. Cuando la guerra, bien que rebuscaron en esta casa pa encontrar esti hábitu, que tenía yo bien escondíu, porque era de muchu peligru tener eses coses. Buscábenlu a fueu y a sangre. Si alleguen alcontralu... ¡Si alleguen alcontralu, voy pa la paré! Claro que el que lu buscaba era uno que me tenía rabies, porque a él non lu llamaron nunca pa llevar un pasu de Semana Santa... *(Repara en el grupo)* ¿Pero que cares de sustu son éstes?

Remedios: ¡Ay, tíu, la cosa no era pa menos!

Quico: ¿Usté, cómo anda por ahí, hom? Ya debía estar na iglesia.

Chatarra: Ando por ahí pa que me vean los que se alegraben de que yo non pudiera vestime más así. ¡Bien s'amuelen! *(Repara en Posturas)* Oye una cosa, flamencu, ¿ye verdá que i vas cantar hoy una saeta a la Virgen?

48

Posturas: Verdá es. ¡Y poco bonita! ¡Digo!

Quico: ¡Ya está presumiendo esti...! Por non oílu, marcho. *(Se va por la izquierda)*

Chatarra: *(A Posturas)* Que sea guapa, ¿eh? Yo voy pa la iglesia, que ya va siendo hora. *(Vase por la derecha)*

Cipriana: ¡Cuidao con los torpederos que tropieces pol camín! *(Bonifacio sale de su casa. Movimiento de inquietud en Remedios)*

Bonifacio: *(A su hija)* Tú, pa dentro.

Remedios: Voy, padre. *(Entra en la casa, no sin antes dirigir una mirada a Pepe Luis)*

Bonifacio: *(A Cipriana y Ramonín)* Y tú, y tú, tamién. La procesión ha de tardar en pasar por aquí.

Cipriana: Paezme a mí que la procesión anda por dentro. *(Entran en casa Cipriana y el chico)*

Descarrilau: ¿Y yo?

Bonifacio: Tú, mira ver si en l'Atalaya alcuentres algún güe escapau pa torear. *(Se va Antón. Pepe Luis y el Posturas también inician la retirada, pero Bonifacio detiene a Pepe Luis. El Posturas hace un aspaviento)*

Posturas: ¡Josú! Me creí que también tendría pa mí arguna cosilla...

Escena III
Bonifacio y Pepe Luis

Bonifacio: *(Habla con toda tranquilidad y su voz tiene acentos de blandura casi paternal. Ni un momento*

49

pierde su serenidad durante el diálogo que sigue) ¿Quier qué hablemos un momentín?

Pepe Luis: Como usted guste. *(Le hace una seña al Posturas, y éste se va por la primera bocacalle)*

Bonifacio: Non quisiera molestalu… ¿Tien prisa?

Pepe Luis: Ninguna. Usté no molesta.

Bonifacio: Gracies, rapaz; porque usté ye un neñu, ¿non ye verdá?

Pepe Luis: Le diré a usted…

Bonifacio: ¿Un pitín? *(Se lo ofrece)* De la Fábrica de Gijón.

Pepe Luis: *(Acepta)* Agradecido.

Bonifacio: ¡Ay! ¿pero ya fumas?

Pepe Luis: ¡Claro!

Bonifacio: Mira, perdóname; voy a tuteate. ¿Date más?

Pepe Luis: Encantado.

Bonifacio: (El rapaz ye espabiladucu) ¿Cuántos años tienes, hom, si non ye mala pregunta?

Pepe Luis: *(Dándose importancia)* Ya tengo veintiún años.

Bonifacio: Adiós, Matusalén. ¿Cómo andes tan temprano por estos sitios? ¿Ye qué madrugaste, o ye que anduviste por ahí toa la noche? Porque escapau de casa non estarás, ¿verdad que non? ¿Sábelo don Senén?

Pepe Luis: Mi padre sabe que estoy aquí, pues aquí me dijo que le esperara, porque éste es su sitio predilecto de siempre para presenciar la procesión. Eso lo sabe usted.

Bonifacio: Ciertamente, aquí venía todos los años en tal día como hoy. Y traíte a tí desde bien pequeñu, y yo poníate a recostín pa que vieses venir por allá arriba a San Juanín apuntando col dedín. ¿Acuérdeste?

Pepe Luis: Sí, me acuerdo.

Bonifacio: Y después, la mi muyer, que en gloria esté, dábate unes marañueles que sabíen bárbaro. ¿Non te acuerdes? ¡A que sí! Y cuando había pasao la procesión, tú poníeste a jugar con la mi Remedinos, que tenía dos años menos que tú, y con ella divertíeste la mar. ¡Qué tiempos! ¿Eh, Pepe Luis? *(Éste, al oír el nombre de Remedios, se siente azorado. Guarda silencio)* Pero, ¿qué te pasa? ¡Home!, la cosa no ye pa ponese triste. ¡Al contrario! Claro; pasó tiempu, y fuistéis creciendo, y tú marchaste a estudiar a Madriz… ¿Qué carrera eches?

Pepe Luis: Arquitecto.

Bonifacio: Acuérdome que tú queríes estudiar pa general. Después, claro, tú fuiste por un lao y Remedios por otru, cada cual por el que i correspondía, y aquellos xuegos entre los dos acabáronse. A la mi rapaza non i faltaron, andando el tiempu, moscones que i zumbasen a la oreya. ¿Mozos? Non uno, un mansíu. *(Envanecido)* Ye guapina, ¿verdá? Pero, claro, ella tien que sacudíselos, sobre too los que non son del igual suyu. De neños, sí; habrán podido jugar con ella, pero ahora… ahora con la mi Remedios no se juega…

Pepe Luis: *(Que ha recogido todas las indirectas)* ¿Qué quiere usted decir?

Bonifacio: Nada, rapaz, nada; contigo non va ná. Esto non fue más que recordar los tiempos en que don Senén empezaba a luchar pa juntar aquel capital que ahora non tien, el probe, acasu porque lu engañaron.

Pepe Luis: *(Sorprendido)* ¿Qué mi padre no tiene dinero…?

Bonifacio: Él mismu diz que está arruinau…

Pepe Luis: *(Apenado)* Es que eso no puede ser. Tendría que saberlo yo también. Eso es falso, usted miente. ¡Mi padre, nosotros arruinados! ¿Sabe usted lo que dice?

Bonifacio: *(Dándose cuenta)* (¡Ay, mi madre! ¿A qué me colé? ¿A qué esti probe non estaba enterau de ná, porque el padre non i quiso dar un disgusto?) Pero, oye… *(Quiere tranquilizarle)*

Pepe Luis: *(Fuera de sí)* ¡No quiero oír nada! ¡Eso es una calumnia!

Bonifacio: *(Casi arrepentido, sin saber que decir)* ¡Ven p'acá! A lo mejor, non ye verdá del todo…

Pepe Luis: ¡Miente usted, miente usted! *(Sale por la derecha)*

Bonifacio: ¡Bonifacio! ¿Tú qué hiciste?

Escena IV
Bonifacio y Cipriana; luego Telvina

(Bonifacio queda mirando hacia el sitio por donde se fue Pepe Luis)

Bonifacio: Míralu, lleva un atragantón que non pue con él.

Cipriana: ¿Quién ye?

Bonifacio: El fíu de don Senén.

Cipriana: ¡Ay! ¿qué pasó?

Bonifacio: Ná, que hablamos y, como i dije que su padre estaba arruinau, parecioi muy mal, y hasta me aseguró que eso era mentira. Claro que, como el rapaz non tien pelu de bobu, pudiera ser que haiga hecho que se enfadaba por eso, pa despístame en el asuntu suyu y de Remedios.

Cipriana: ¿Pero sabíeslo todo?

Bonifacio: ¿Tú crees que non tengo ojos na cara? Yo era el primeru que debí sabelo. Tú misma debiste decímelo, pero resulta que en esta casa el primeru siempre ye'l últimu pa too. Non, el último ye Ramonín, esi inocente, que fue quien me lo contó todo, sin dase cuenta del dañu que me hacía. Tenía que ser así, porque si non, la desgracia hubiera sido como pa non levantar más la cabeza.

Cipriana: ¡Tienes razón! Pero a mí parezme que, a lo mejor, la verdá dizla el fíu de don Senén; que non hay tal quiebra, nin tal ruina. Con lo que i

53

queda a un ricu, que diz que está arruinau, podemos vivir veinticinco probes.

Bonifacio: ¿Por qué iba a decime esi señor una cosa por otra?

Cipriana: Pa ver si picabes, Boni. Porque debía de saber lo de los dos rapazos, como tú y como yo lo sabemos, y vino aquí a decite que non tien una perra, nin vapores, nin ná, pa que non lu barruntemos ricu, de mou y manera que fueses tú mismu quien i quitase de la cabeza a Remedios el seguir les relaciones con Pepe Luis.

Bonifacio: ¿Sabes que parez que tienes razón…? Pero no, don Senén sabe de sobra que non soy interesau.

Cipriana: En coses como éstes, non puede saber cómo discurres tú, Bonifacio, y, por un si acasu, vino a contate esi cuentu.

Bonifacio: Pos pue ser que i cuente otru yo a él… *(Se interrumpe el diálogo, porque de la derecha sale Telvina con un plato cubierto con una servilleta. Cruza la escena, en dirección a la casa de Bonifacio, deteniéndose a charlar un instante)*

Cipriana: *(Contrariada, porque se corta la conversación)* Calla la boca… (¡Ay, qué muyer!) *(Sonríe a su convecina)* ¿Yes tú, Telvina?

Telvina: Sí. ¿Dónde vos pongo esti platu de arroz con leche?

Cipriana: ¡Tú siempre tan arrogante!

Bonifacio: *(Admirando a la mujer)* ¡Y qué lo digas!

Telvina: ¡Bah! Non ye ná. Ya sabéis que yo acuérdome siempre de vosotros.

Cipriana: Ponlo ahí sobre la [mesa de la] cocina, que non enfríe. *(Entra en la casa Telvina)*

Bonifacio: Gracies, Telvina.

Cipriana: De quien se acuerda ye de ti na más, Boni. Pa unes coses ves demasiao, y pa otres, ciegues.

Bonifacio: ¿Paéztelo a tí?

Cipriana: Parézmelo, non; ye verdá.

Bonifacio: ¿Castigador yo, a estes altures?

> Veintitrés años llevo en cada pata.
> ¡Si soy más vieyu que la Colegiata!

Cipriana: Ella ya sabe lo que fai. *(Reaparece Telvina, que va de nuevo hacia su casa)*

Telvina: Ya lo sabes, Boni; si quies algo, en que yo pueda servite, non tienes más que llamame.

Bonifacio: Llamaréte la 'Rescamplá', como te llama tou el mundo.

Telvina: *(Halagada)* Así llamaben a mi güela. De ella me vien el mote.

Bonifacio: Pos saliste a tu güela, porque el mote lleveslu bien de verdá.

Telvina: ¡Ay, gracies! *(Vase)*

Cipriana: Mira qué flor i echaste. Por algo se empieza.

Bonifacio: Pos a lo que íbamos, Cipriana, que ye lo que importa. Decía que yo veo la cosa muy enredá. La neña está por esi rapaz que non asosiega; anda lo que se diz al garete; él non la

55

deja ni a sol ni a sombra, porque lo veo yo, y non sé con qué fin…

Cipriana: Malu…

Bonifacio: Malu, sí señor; y esto hay que arreglalo pronto, pase lo que pase. Y non han de ser ellos, claro; tenemos que ser nosotros, los mayores. Yo ya i dije al rapaz lo que venía al casu. Y él, entender, entendióme de sobra. Pero esto non basta. Hay que separalos a tou trance; uno pa barlovento, y otru pa sotavento, aunque a ella y cueste lágrimes de sangre.

Cipriana: Míralu, ahí tienes a don Senén. Serenidá, Boni, mucha serenidá. Con él, ná de reñir, ná de ponese como un basilisco; diga lo que diga, muy buenes formes, muy buenes palabres… *(Amenazante)* pero, ay, ¡cómo se i ocurra algo malo de la neña…! *(Mutis)*

Bonifacio: ¡Qué diplomática yes, hermanina! *(La mujer coge una punta del mandil en la cintura, por si estuviera poco presentable)*

Escena V
Dichos, don Senén y don Buenaventura

(Aparecen por la derecha don Senén y don Buenaventura, un pintor gijonés de unos cincuenta y cinco años que trae un bloque donde toma apuntes)

D. Senén: Buenos días.

Cipriana: Santos y buenos.

D. Buenaventura: Muy buenos días.

D. Senén: Y el tiempo, ¿qué tal?

Bonifacio: Pierda cuidao; corre el semblante del nordeste.

D. Buenaventura: La verdad, sentiría que el mal tiempo malograra una de las escenas más hermosas de Gijón: la procesión de la Soledad de María, al amanecer, en el barrio de pescadores. Es el tema de mi próximo cuadro.

Bonifacio: Pues ya i digo; roló el viento p'al nordeste.

Cipriana: *(Reparando en don Buenaventura)* ¡Madre! ¡Si ye don Buenaventura, el pintor! ¿Cómo non lu conocí enseguida que llegó? ¿Qué buenu está? ¡Non pasa añu por usté!

D. Buenaventura: Tampoco por vosotros. ¡Qué tiempos aquellos, cuando yo pintaba mis primeros cuadros! Aquí encontraba yo una espléndida cantera donde escoger asuntos para mis pinceles.

Bonifacio: ¿Cómo i va, don Bueaaventura?

D. Senén: El patrón de uno de mis barcos.

D. Buenaventura: Le conozco, le recuerdo perfectamente. *(Se estrechan la mano)*

Bonifacio: ¿Non v'a recordame, hom? Una vez usté pintónos a mi güelu y a mí, que era rapaz de lancha, y a Xuaco el mudu. Mi güelu, al timón, con aquel buen color que tenía y aquella sotabarba blanca, yo, descalzu y arremangau, y Xuacu el mudu...

Cipriana: ¡El mudu estaba hablando!

57

Bonifacio: Amarrau al remu, bogando. Y el cuadru llevó un premiu en Madriz.

D. Buenaventura: Mi primer galardón nacional.

Cipriana: Tu güelu era muy listu.

Bonifacio: *(A Cipriana)* No seas pollina, Cipriana.

Cipriana: Acuérdome de que mi madre dijo una vez: "Avisai a son Buenaventura." "¿Pa qué, madre?", pregunté yo. "Pa que nos pinte los rodapiés de esta casa, que ya fai falta pintalos" *(Todos ríen)* Ramonín, el nuestru neñu, también ye aficionau a la pintura.

Bonifacio: Calla, Cipriana.

Cipriana: En coses de pintar, gastamos dinerales.

Bonifacio: Calla, Cipriana.

D. Senén: Este es el sitio donde presencio anualmente el paso de esta procesión. Es un espectáculo precioso. Cuando la Dolores aparece sobre aquel repecho, recortada su figura sobre el violeta de la luz primera, y se ve flotar en el viento la melena de San Jesusín, bamboleándose al paso, un poco acelerado, de los que le conducen, no hay nada que lo iguale en emoción y belleza. ¿Recuerdas, Buenaventura, aquellas procesiones de Semana Santa...? *(Los dos lo hacen entusiasmados)*

D. Buenaventura: Con el Huerto de los Olivos.

D. Senén: Y 'Cuatro moñinos'.

D. Buenaventura: Y los 'Azotes'.

D. Senén: Y el estandarte de 'San Pedro quiere rosquillas'...

D. Buenaventura: Y aquello de tarí, tararí… *(Recuerda el toque de clarín que se ha escuchado al principio del acto)*

D. Senén: *(Imita el tambor)* ¡Plam, rataplám… plam…!

Bonifacio: *(Hace la matraca)* ¡Ra… ra… ra…! *(Todos ríen)*

D. Buenaventura: *(Melancólico)* ¡Qué lejos está todo aquello!

Bonifacio: *(Con gesto de satisfacción)* Pero ahora, vuelve, don Buenaventura.

Cipriana: ¡Gracias a Dios y a la Virgen!

D. Buenaventura: ¡Ay, Senén! Vosotros no sabéis lo que es estar, año tras año, alejado de este pueblo que nos vió nacer. Cuanto más lejos, más honda y más intensa es la nostalgia que nos invade el alma. Yo lo sé por mí. En mis andanzas por París, por Roma, por Madrid, en medio del tráfago de una vida vertiginosa, entre los afanes de la lucha más dura, había un momento gustoso siempre en mi estudio, y era cuando yo hacía desfilar por mi imaginación, como sobre una pantalla de cine, el rinconcito escondido de aquella casita humilde o de aquella cuesta que nos llevaba a contemplar el mar remansado a nuestros pies. Siempre hay un trocito que se recuerda permanentemente. *(Como si en realidad estuviese lejos de Gijón)* ¿Cómo estará aquel pretil de piedra, desde donde yo pintaba mis primeros lienzos de mar? ¿Y aquella plaza? ¿Y aquel árbol? ¿Será el de hoy un día de sol, ¡el sol!, que es como un baño de oro en la calle Corrida, y se diluye entre las espumas en la playa? Evocaba yo el viejo antepuerto, y el Fomentín, y la dársena, llena de pataches, con las velas tendidas. Yo los copiaba, porque allí había una luz maravillosa que no encontré en ninguna otra parte. Mis recuerdos descansaban en todo esto, hasta traer a mi memoria las calles de este barrio -el Ave María, las Cruces- y también remo[l]quetes populares como el Balanchu, el Diosu, el Cerrilu, que tú y yo, amigo Senén, hemos conocido tanto. ¡Cómo he deseado volver a estos rincones! Por fortuna, aquí estoy de nuevo, otra vez con mi bloque y mis lápices para mis apuntes; aquí estoy, cargado, sí, de-laureles, pero también de amarguras y desengaños que únicamente aquí podrán desvanecerse…

Bonifacio: ¿Verdá, don Buenaventura, y perdone que lu interrumpa, que non hay pueblu como esti?

D. Buenaventura: No lo hay, no; parece una tontería, pero la realidad nos enseñó que no lo es. Es la atracción irresistible de esta tierra, de toda Asturias, por la que suspiran los que están al otro lado del mar y también los que, obcecados por las luchas del mundo, quisieron hacerla daño y pulverizarla, sin comprender que aquello que hacían era destrozar sus propios sentimientos, su propia personalidad, su propia raza, que ahora echan tan de menos con lágrimas en los ojos. Sí, amigos míos, hay que salir de aquí para comprender todo esto; pero no salir por un día, ni por un mes, sino por muchos años, hasta creer que nunca más se habrá de volver a tocar estas piedras, a oír sus cantares, a escuchar sus pregones... Con voluntad o sin ella, rico o pobre, vencido o victorioso, se va uno acercando, acercando...- *(Don Buenaventura se siente conmovido, y su emocion se trasmite a los que le escuchan. Pausa)*

Bonifacio: ¡Huy, huy, huy, huy! *(Queriendo sobreponerse a la emoción)* ¿A qué vamos a llorar todos como neños?

D. Buenaventura: ¡Y, al fin, se llega aquí! Como yo ahora, sin pensar en otra cosa que, en-permanecer en esta tierra para siempre, ¡para siempre!

Cipriana: Don Buenaventura, venga p'acá... Pase; si quier pintar; entre como entraba en otros tiempos en esta casa. Pue ponese en la ventana que usté escogía p' hacer eses coses tan guapes, mientres nosotros estábamos mirando como bobes.

D. Buenaventura: ¡Con mucho gusto! Vamos.

Cipriana: Claro que la mar ye la misma de siempre.

D. Buenaventura: No, mujer; la mar siempre es nueva. Nueva ha de ser en el cuadro que preparo; será el fondo magnífico de esta bella procesión del amanecer. Un momento, Senén.

(El pintor y la mujer entran en la casa)

Escena VI
Bonifacio y don Senén

Bonifacio: ¿Y usté non pasa, don Senén?

D. Senén: No, ya sabes que la calle es mi sitio preferido. Además, quiero confundirme con la comitiva y acompañar a la Dolorosa, de vuelta de la iglesia. Me extraña no ver aquí a mi hijo. Quedamos en reunirnos en este mismo lugar.

Bonifacio: Por ahí andaba, non fai mucho. Hablando estuvimos. *(Pausa)*

D. Senén: ¿Qué? ¿Cómo te defiendes, Bonifacio?

Bonifacio: Allá vamos, don Senén. Tengo ahí, detrás de la puerta, una caña y una tarrafa, que son la mi flota pesquera, y, unes veces en la punta Liquerique, y otras en una peña, junt'a la cueva'l Raposu, va saliendo pa comer, aunque non sea más que pa ir dando tiempu al tiempu y se arregla el negociu suyu.

D. Senén: Que lo veo muy difícil. He conseguido una prórroga de los acreedores, pero esta tregua terminará enseguida. Sólo espero una operación que puede salvame.

Bonifacio: Les operaciones son siempre de vida o muerte.

D. Senén: Si ésta me falla, estoy perdido.

Bonifacio: Verdaderamente, non hay peor cosa que tener ingleses. Sélo yo bien. Y eso que los míos son unos inglesucos de ná. ¡Cómo serán los de usté! En cuantes veo a la puerta al tenderu o al amu de casa, la mar y la tierra parecenme poco pa echar a correr. Esti día vino uno de ellos: "¿Está Bonifacio?" Contestoi la mi hermana: "Non. Díjome que podía esperar sentau". A va él, ¡y sentóse! Y sentadera fue, que, si quise dormir en casa, tuve que entrar pol corredor. Otres veces echamos-yos a Chatarra, que ye bastante perreru, y así vamos aguantando marea. ¿Y diz usté que lo suyo está peor?

D. Senén: Peor. De un momento a otro veré embargados todos mis bienes...

Bonifacio: Perdóneme, don Senén, si digo algo mal dicho. Eso que me cuenta, ¿ye verdá?

D. Senén: Cierto, ciertísimo. ¡Ojalá no lo fuera! ¿Por qué dudas de lo que yo digo?

Bonifacio: Mire, por si en eso hay algo de cuentu, yo voy a contai otru. Comprendo que usté non está pa histories, pero ésta pue ser que lu distraiga un poquiñín. Verá... En una ocasión un probe trabayador tenía una fía, bastante guapa, valga la verdá, y el amu de aquel trabayador, un fíu, non mal parecidu tampoco. Los rapazos empezaron de una en otra; a esti baile voy, en aquel paseo te alcuentro, hoy un ruche en auto, mañana una merienda... el casu ye que les coses anduvieron tanto, tanto, y por caminos tan torcíos y revesosos, que la neña enamórose del rapaz como una fata, sin reparar en distancies nin en diferencies. Culpa de ella. El otru, ¡como bobu!, non iba más que a ver lo que pescaba con tou su aparejo de automóvil y de dineru. Culpa de él. Claro que los pocos años discúlpenlo too. Pos bien. Un día enteróse el padre del rapaz, y amu del trabayador, y, como comprendía que aquellos amoríos non podíen nin debíen seguir, va él y ¡zás! inventa que está arruinau, suponiendo que la neña, y hasta el padre de ella, non queríen al rapaz más que por los cuartos. Pero resultó que la invención llegó tarde, porque...

D. Senén: ¿Qué es lo que estás diciendo? ¿Qué historia es ésa que me cuentas? Explícate mejor, Bonifacio, que yo comprenda...

Bonifacio: Don Senén, usté ye una persona honrada, si les hay. Yo hablei de esta manera, porque creí que me entendería sin necesidá de nombres nin detalles. Mire, don Senén, con el alma mucho más angustiá que la de usté, cuando aquel día vino a contame lo de la quiebra... Estoy hablandoi yo en esti momento. Recuerdo que entonces i dije que en estos tiempos no había que asustase de ná, nin tener mieu por ná. Estaba yo muy equivocau. Yo, ahora, estoy asustau de veres. Hay algo que merez la pena conservalo, que ye la honra de la familia. Soy el primeru en confesalo, que tengo mieu, don Senén. La rapaza del cuentu, ye Remedios, la mi neña...

D. Senén: ¿Y el muchacho?

Bonifacio: Pepe Luis, el su rapaz.

D. Senén: *(Asombrado)* ¿Cómo dices? ¡No puede ser!

Bonifacio: Sí pue ser, don Senén, sí pue ser; tanto pue ser... que ye. *(Observándole)* Non, si se me figuraba a mí que en esto acabaría yo por echai a usté una gavita. Pero non, non; soy yo mismu quien i la pide a usté. La mi fía ye guapa, aunque me esté mal el decilo. Salió a su madre, que, si allega a salir a mí, ¿usté cré que íbamos a estar hablando usté y yo de esti asuntu? Non la tengo más que a ella en el mundo; Ramonín, el otru rapazucu, ya será hombre, y él ha de valese. Pero Remedios, no; está ciega por el su fíu, y yo quisiera que usté procurase hacer algo pa que esto non siguiese. Yo ya me declaro incapaz pa ello. Non tien necesidá de hablame de ruines, nin de quiebres...

D. Senén: ¿Pero quién habla de eso? ¿Tú crees que mi ruina es una argucia mía?

Bonifacio: Yo no creo ná. *(Viéndole preocupado)* Sabía yo que la cosa tenía que sentai mal.

D. Senén: ¿Dónde está Pepe Luis?

Bonifacio: Muy enfadau marchó por ahí. Y todo porque i dije lo que usté me había contao de los reveses de fortuna.

D. Senén: ¿Cómo? ¿Qué tú le dijiste...?

Bonifacio: ¿Pero non estaba enterau? (¡Ay, que coladura) ¡Manolo, baja y dame una paliza, que bien la merezco por animal!

D. Senén: ¿No ves que eso lo tenía yo oculto a mi familia? ¿No comprendes que será la muerte de mi mujer, y la tragedia mayor para mi casa? Cierto que esto tendría que llegar, pero tú anticipaste los acontecimientos imprudentemente. ¿Qué hiciste, hombre de Dios, qué hiciste?

Bonifacio: *(Discretamente se seca unas lágrimas)* Comprendolo; perdone, don Senén; yo a usté apréciolu y respétolu, como si fuere mi padre, y siento habei dao esti disgusto, sin querer. Pue ser que me duelga a mí más que a usté… Créamelo… Pero ya está el dañu fechu, y non tien remediu. En fin de cuentes, hay una cosa en la que usté y yo estamos de acuerdu, pa que non suceda una desgracia, que sería pa mí la más grande de toa mí vida… Esa cosa ye que ni el su rapaz ni la mi neña pueden seguir andando juntos. Esa pareja acabóse… Usté y yo non podemos armar más parejes que les parejes de pescar… ¿Estamos conformes?

D. Senén: ¡Hombre…!

Bonifacio: *(Sin dejarle hablar)* ¿A qué me da la razón?

D. Senén: Mira…

Bonifacio: *(Un poco excitado)* Non hay más que hablar; ¡uno pa barlovento y otru pa sotavento!

D. Senén: Es que…

Bonifacio: ¡Uno pal este y otru pal oeste!

D. Senén: Comprende, amigo Bonifacio…

Bonifacio: Él pal Gran Sol, y ella pal serrapiu de tierra. El su fíu a la pesca d'altura, a ganalo a pulsu; ella a coger, aunque sean musiones, pero con dinidá, ¿eh, don Senén? ¡Con dinidá! ¡Ay, sí, güi! *(Entra en su casa)*

D. Senén: Pues, señor, no acabo de entender lo que dice este hombre. Ese tono, esa actitud airada, casi insolentándose conmigo… Es extraño… muy extraño… *(Vase derecha)*

Escena VII
El Descarrilau, Quico, Posturas, Cipriana; después,
Telvina y Ramonín

(Dentro se oyen gritos de dolor del Descarrilau, que poco después aparece en la calle del fondo, maltrecho, y en brazos de sus amigos Quico y el Posturas)

Descarrilau: ¡Ay, ay, ay! ¡Non me cojáis por esa pata! Llevaime a la enfermería!

Quico: Calla, muchachu. ¡Si non fue ná!

Descarrilau: ¡Que te hubiese cogido a ti! Ya te quejaríes. Esto non fue como la marimanta.

Posturas: ¡Vamo, niño, ten carma!

Cipriana: *(Que sale a las voces, seguida de Ramonín)* ¿Qué ye? ¿Qué i pasó a esi neñu? ¿Prendieroni les vacunes?

Posturas: Argo peó, señora, argo mucho peó.

Cipriana: *(Al Descarrilau)* Entonces, voy a llamar a tu tía, la 'Rescamplá'.

Descarrilau: Non la llame, porque valme más tener otra cogida.

Cipriana: *(Llamando)* ¡Telvina! ¡Telva!

Telvina: *(Dentro)* ¿Qué?

Cipriana: ¡Trai el árnica!

Descarrilau: *(Sigue en sus quejas)* ¡Ay, mi madre! ¡Voy a morir!

Ramonín: A ver, a ver…

Descarrilau: ¡Quita p'allá, muchachu!

Ramonín: Ye que quiero aprender, pa cuando haga yo de toro.

Cipriana: ¡Qué ricu ye'l mi neñu!

Telvina: *(Sale despavorida)* ¡Asustásteme, Cipriana! *(Repara en el Descarrilau)* ¿Qué te pasa, Antón?

Posturas: Ná, señora, que ha habio hule, una mala tarde, una tarde desgrasiá.

Telvina: Mala tarde, ¡y entoavía non amaneció! ¡Ay, esti sobrín acaba conmigo! ¿Dónde te duel? *(Le toca en diversos sitios)* ¿Ye aquí? ¿Ye en esti otru sitiu? *(Cada vez que le toca, el muchacho pone el grito en el cielo)* Si non fuera porque… *(Va a pegarle, pero se contiene)* Pero ¿quién i habrá metido eso de los toros en la cabeza a esti rapaz, que non queda vaca, nin güe, nin carneru, por l'Atalaya, que él non trate de torear?

Cipriana: ¡Ay, Telva, a ti pásate lo que a mí! A quien Dios non i da fíos, dai sobrinos.

Telvina: Pero a mí tocóme por sobrín esti torero de invierno, que… *(Nueva amenaza)*

Descarrilau: ¿Encima pégame, hom?

Posturas: Er niño no merece má que parma.

Telvina: ¡Palmes sí, pero en el focicu!

Posturas: *(Describe la escena)* Se fue ar bicho con hechura y con gracia naturá. Lo cita, y er toro acude. Le da una verónica, y luego una chicuelina, y al salir de una larga afarolá…

68

Quico: Oye, oye, menos faroles. ¡Estos andaluces!... Non hagáis casu a esti cuentista. Íbemos andando tranquilamente, cuando atopamos un güé que estaba echau. El Descarrilau púsose así delante de él. *(Como citando)* El güé levántose, como diciendo: "Vaya, ya ye la hora de dir pal muelle." Y, en vez de embestir, dio media vuelta y pegoi una patá al torero que, eso sí, por poques más lu embaza, porque rodó pol prao lo menos doce pies y una travesá.

Telvina: *(Impresionada)* ¡Ay! entonces, ¿non te quejes de viciu?

Posturas: *(Después de observar de nuevo al doliente)* Parte facultativo: "Durante la lidia del primer toro, ha resultado herido el diestro Antonio el Descarrilau, que presenta una corná en el hipocondrio, con probable salida del epiplón y desaparición de numerosos molares e incisivos. Pronóstico, mu grave."

Telvina: Non me asuste.

Quico: Ya i dije que non hiciere casu. (A esti digoi yo un camelo.) Oye, Postures, ¿tú nunca baldrosquiaste, nin pusiste a remojo, el perendol de la parte de la contumelia con el ojo triste?

Posturas: ¿Cómo dise?

Quico: Que desde cuándo escamuflaste les coses, puestes en la obra muerta, estrapallaes entre la cuarta y la quinta...

Posturas: *(Reflexionando)* Pues creo que desde ayer.

Quico: ¿Entendisteme, muchachu?

Posturas: Pos no. Y to eso ¿qué e, niño?

Quico: Ná; que picastes.

Posturas: Yo no he picao… porque la lidia ha sio sin picaores. *(Se va por el fondo. Todos rodean al Descarrilau que, poco a poco, se repone)*

Escena VIII
Dichos y Remedios
(Sale Remedios de la casa)

[**Remedios:** ¿Qué pasa aquí?]

Telvina: Remedios, alégrome de vete.

Remedios: ¿Qué i pasa'l su sobrín?

Telvina: Ná, lo de siempre, un tellerón que i pegó un güé. Veníi p'acá *(Las tres mujeres van a hablar a un lado de la escena)* Cuando tú me llamaste con tanta prisa, estaba oyendo una conversación muy interesante.

Cipriana: ¿Qué ye, neña, qué ye?

Telvina: *(A Remedios)* Ye de ti.

Cipriana: ¿Algo malo?

Telvina: Nin malo, nin bueno.

Remedios: ¡Acabe pronto!

Telvina: Oí voces junt'a la mi ventana. Asómeme con cuidao, y vi a un señor de edá y a un rapaz. Fíjome, ¿y sabes quiénes eren? Don Senén y el tu mozu, Remedios. El rapaz parecía que estaba muy nerviosu. Decía él: "Acaba de contámelo Bonifacio, el patrón. ¿Ye verdá lo que me dijo?" El señor contestó: "Sí, hijo, sí;

por desgracia es cierto". Y en esto estaba, cuando oí les tus voces descompasaes, *(A Cipriana)* llamándome.

Remedios: ¿Qué será eso? ¿Qué vino a hablar Pepe Luis con mi padre?

Telvina: Non sé, monina del alma. Ya ves que estaba a lo mejor.

Cipriana: ¿Queréis que vos lo diga?

Telvina y **Remedios:** ¡Sí, sí!

Cipriana: Pero non me descubráis, ¿eh? Que don Senén está arruinau; que ya non tién vapores, que van a embargailos non tardando...

Telvina: ¡Ay, probe!

Remedios: *(A Telvina)* ¿Y cómo estaba Pepe Luis?

Telvina: Ya te lo dije, muy nerviosu y muy disgustau.

Cipriana: A mí de quien me da lástima ye de don Senén. A esa edad, después de trabayar años y años, esos disgustos, y con la señora tan delicada como está; ¡y tan buena como ye...!

Escena IX
Dichos, don Senén, Pepe Luis, Bonifacio y don Buenaventura

D. Senén: Aquí, Pepe Luis, aquí nos quedamos. Levanta ese ánimo, y aprende a ser hombre.

Pepe Luis: *(Abatido)* ¿Qué va a ser de nosotros?

D. Senén: Lo que Dios quiera. Todo tiene arreglo, menos la muerte. Ahora verás pasar a la imagen del Mayor Dolor. ¿Qué representa el tuyo donde esté el de esa Madre afligida? Piensa un poco en esto, como yo pienso ahora, que pensarlo es caridad y no hacerlo, egoísmo. Acógete a su bondad, que por algo es guía de caminantes y refugio de pescadores.

D. Buenaventura: *(Sale con Bonifacio)* Perdona, Senén, si te hice esperar mucho tiempo. Ya saben que yo soy un maniático, un chiflado por todo esto. En estando entre estas casas y entre esta gente, yo no sé marcharme. *(Se forman tres grupos. En uno don Senén, don Buenaventura y Pepe Luis, en otro Cipriana, Telvina y Remedios, que mira a Pepe Luis insistentemente. Al fondo, el Descarrilau, Quico y Ramonín)*

Quico: ¡La procesión! ¡Ya vien ahí!

Ramonín: ¡Ya vien, ya vien! *(La luz del amanecer se hace más clara, dando a la escena una suave tonalidad que embellece el cuadro. Silencio. Don Buenaventura va hacia el fondo, y allí comienza a tomar apuntes, mirando el lugar por donde la procesión se acerca. Dentro canta el Posturas su saeta. Antes, hay un redoble de tambor)*

Posturas:
Eres tú la más hermora,
que va llorando su pena.
No te quiero por bonita,
¡hay que quererte por buena!

(Nuevo redoble, marcando el paso. Todos se van hacia la izquierda, para dejar paso a la procesión)

Remedios: *(Resueltamente, yendo hacia Pepe Luis)* ¡Pepe Luis!

Pepe Luis: ¡Déjame… déjame, Remedios!

Remedios: ¡No, ahora, no! Ahora ya puedo decir a gritos que te quiero… y que te puedo querer. ¿No ye así, padre? ¡Ahora ya no está el dineru pol medio! ¡Ya somos iguales!

Bonifacio: Iguales non, Remedios, iguales non. El dineru non ye todo, aunque a mí, en ocasiones, me lo pareciese. Acabes de colate, rapaza. Ahora, lo que te toca ye rezar a la Dolorosa…

Cipriana: Eso, pa que la libre Dios de los malos pensamientos.

Bonifacio: Porque por esta coladura -¡claro, los pocos años!- el que tien que perdonate ye don Senén. Don Senén, usté ye buenu, y perdónala, ¿Verdá que sí? ¿Verdá que la perdona…? *(Suenan muy cerca el clarín, el tambor y la carraca. Don Senén, enmudecido, cae de rodillas, y los demás también, dirigiendo todos la vista hacia el fondo, y formando una ringla sobre el lateral izquierdo, que va desde el primero al último término, de modo que la calle queda libre para que pase la procesión)*

T E L Ó N

ACTO TERCERO

Un trozo de la antigua dársena gijonesa. Al fondo, el edificio de la vieja Aduana y el cargadero de Langreo. A lo lejos se recorta la montaña del Musel. Es de noche, una hermosa noche estival. Las luces del puerto se reflejan en las aguas. En la dársena hay barcos de vela y algunos buques pesqueros. En tierra, y, en primer término, una trainera asoma su proa.

Al iniciarse la acción, son las primeras horas de la noche. Se oye un acordeón, que se supone tocan a bordo de un velero, y cuya música cesa poco después.

Escena I
Remedios, Ramonín, Quico, el Descarrilau, un Heladero; después Pepe Luis

(Está Remedios, cerca de Ramonín, esperando a Pepe Luis. Mira a uno y otro lado lado, con visible impaciencia. Ramonín se halla dedicado a la pesca,

75

sentado en un morrón. El Descarrilau da una mano de pintura a la lancha que está en tierra)

Descarrilau: ¿Piquen, Ramonín?

Ramonín: ¡N'home, non! Ya canso de estar aquí con la linia.

Descarrilau: ¿Non pesques algo?

Ramonín: Ni un muil.

Descarrilau: Déjame pescar a mí, y ponte tú a pintar la lancha.

Ramonín: Trai p'acá. *(El Descarrilau entrega la brocha al chico, y ambos se sustituyen en sus respectivas tareas)*

Descarrilau: *(Sentándose en el morrón)* Esto ye más descansao. *(Aparece Quico, muy contento)*

Quico: Antón... Ramonín... ¡ganó el Sportin!

Ramonín: ¿Por cuántos?

Quico: Tres, cero.

Descarrilau: ¡Qué panadera!

Ramonín: ¡Salvemos! *(Llega Pepe Luis apresuradamente, acercándose a Remedios)*

Remedios: Tardaste.

Pepe Luis: No fue mía la culpa. Me retuvo en casa el trabajo. Los barcos salen mucho antes de lo que se esperaba. Además, encontré en el camino a unos amigos. Los dejé con la palabra en la boca. ¡Estoy contento, Remedios! ¡Por fin, vuelven a la mar las parejas de mi padre! ¡Cómo está de alegre la gente que otra vez embarca!

Remedios: ¡Cuánto recé yo a la Virgen! Y ya ves, oyóme.

Pepe Luis: No hay duda de que te oyó. ¡Si vieras lo que yo deseaba que llegara este momento…! Lo deseaba… por todo; por mi madre, principalmente. Y también por tu padre, que bien habrá tenido que sufrir en estos meses de privaciones y de incertidumbres…

Remedios: Mucho sufrió. El no lo daba a entender, porque non quería disgustanos. Pero yo bien me daba cuenta de lo que el infeliz estaba pasando… Y lo que pasa todavía por causa de que tú y yo seguimos andando juntos… Como que non quería volver a embarcar en los barcos de tu padre. Hasta que lu convencieron mi tía Cipriana y Telvina, la viuda, de que hacía mal y de que una cosa no tenía que ver con otra.

Pepe Luis: ¡Claro!

Remedios: Pero mi padre diz que sí, que tien que ver.

Pepe Luis: ¿Por qué?

Remedios: Porqué tu mismu sabes que don Senén, nin pa mal nin pa bien, habla nin quier hablar de nosotros dos y, después de lo que pasó haz dos meses en la procesión, motivos tenía pa acordase de ello en algún momento. ¿No te parez?

Pepe Luis: *(Entristeciéndose)* Pues sí, es cierto… Mi padre no me habló nunca más de ti… Están las cosas como el primer día…

Remedios: Si no están peor. ¡No hay alegría completa, Pepe Luis!

Un Heladero: *(Dentro)* ¡Helao! ¡Rico helao! *(Después que ha salido por la izquierda, y dirigiéndose hacia Remedios y Pepe Luis)* ¡Helao rico!

Pepe Luis: *(Al vendedor)* Helados para cada uno de esos muchachos.

Heladero: Muy bien, señorito.

Pepe Luis: *(A Remedios)* ¿Y tú? ¿No quieres…?

Heladero: A la señorita la invita un señor que está allá. Me ha dicho: "Vas, y le das un mantecado. Pero no digas de parte de quién. Toma". Pagó, y a otra cosa.

Remedios: ¿Un señor? ¿Quién ye?

Heladero: Pues no sé.

Pepe Luis: *(Ofendido)* ¿Qué te invitan a ti? ¿Y estando conmigo? ¡A ver quién es ese…!

Heladero: No se ponga usté así. *(Se acerca a un lateral y llama)* A ver, señor, venga. Usté, sí, un momento… *(Después de una pausa, y en medio de gran expectación, aparece Chatarra)*

Remedios: ¿Pero ye usté?

Pepe Luis: Pudo haber avisado.

Chatarra: ¡Bah! Si vos aviso, la cosa non hubiera tenido ninguna gracia. ¿Non puedo yo convidar a la mi sobrina pa celebrar que embarcamos, hom? Pepe Luis, non te parezca mal. Hoy tócame pagar a mí. *(El heladero entrega rápidamente helados a los muchachos y a Remedios. Los novios siguen su charla aparte)*

Heladero: *(Marchándose por la derecha)* ¡Helao, rico helao!

Quico: Oye, Chatarra.

Chatarra: Ramiro. Cuando estoy un poco ajumau, llamaime como queráis, pero cuerdu, non. Ya vistéis a 'Zampómelo'. Desde un día que dijo "zampómelo", porque un fíu suyu i había comido la cena, quedoi esi mote pa toa la vida.

Quico: *(Afectuoso)* Oye... Chatarrina, ¿tamién embarques tú hoy?

Chatarra: ¡Home, contra! ¿Qué iba a facer Bonifacio sin mí po la mar? Dicen que donde hay patrón, non manda marineru. En el nuestru barcu manda el patrón, pero tamién manda el fogoneru, que soy yo. Ya sabe él que, cuando hay que echar leña'l fueu, tien que contar comigo. Acuérdome de un día que nos pilló un galernazu y tuvimos que entrar de arribá en la Estaca. Por poques más palmamos. Declamó Bonifacio: "¡Más presión, Ramiro!" ¡Y yo, venga a echar palaes de carbón! "¡Hala, valiente!" Y yo, más palaes. La presión era terrible, pero gracies a ella arribamos. Con avería en el cascu, avería gruesa. Salté a tierra, y, pa tener de repuesto, agarré yo un 'cascu' imponente. Bonifacio riñóme, pero non tenía razón ninguna. Era que duraba la presión entoavía. *(Remedios y Pepe Luis, salen conversando por la izquierda. Suena de nuevo el acordeón del velero)* Otra vez el acordeón de esi paisano. ¡Estos gallegos corren cada juerga a palu secu, sin salir del patache...!

Escena II
Dichos, Cipriana, Bonifacio y una vendedora

Cipriana: *(Dentro)* La marea ye hacia les nueve…

Chatarra: Ahí está la fiebre.

Cipriana: *(Saliendo, a su marido)* ¿Entoavía andes por aquí, demonión? ¿Qué faes, que non estás ya preparau? ¡Ocho meses, aguardando esti día, o esta noche, y que entoavía estés así?

Chatarra: ¡Voy, home, voy! Bueno, rapazos, voy pola ropa de agües.

Bonifacio: *(Que sale detrás de su hermana)* Quier decise que vas a cambiar la seda por el percal. ¿Non se diz así, Descarrilau?

Descarrilau: Sí, pero non i lo diga a mi tía Telvina.

Bonifacio: Bueno, entoavía falta tiempu pa salir. ¿Arreglásteme les mis coses, Cipria?

Cipriana: Ya está to. ¡Cuántes veces te lo tengo preparao pa dejalo colgao otra vez, porque non acababen de arreglase los asuntos!

Bonifacio: Oye, hermanina. ¿Qué fue del mi reló?

Cipriana: ¡Ay, monín…! *(Señala hacia arriba)*

Bonifacio: Ya caigo. ¿En el Monte, no, verdá?

Cipriana: ¡Claro, neñu, claro!

Bonifacio: *(Ríe)* Pronto volverá al domicilio paterno… Estuve en el escritorio de don Senén. Da gusto ver aquello. Tou el mundo trabayando, como en los mejores tiempos. Unos, taca, taca, taca, nes máquines d'escribir; otros, al teléfono: "¡Aló! ¡Aló!", que no sé a quién llamaben. Y un tenedor de libros, que

80

llevaba tres días sumando p'alcontrar un céntimu que i faltaba. Estuve por dai un sellu, pa que el probe dejase de buscar.

Una Vendedora: ¿A quién i doy la suerte? ¡Pro-infancia! ¡Se sortea mañana!

Cipriana: *(A la vendedora)* Oiga, deme diez numerinos de la 'probe-infancia'. ¡A ver si me toca algo en traza, que está el añu zorru!

Vendedora: Adiós, y que i toque…

Chatarra: Oiga, oiga, poco a poco, que pa eso estoy aquí yo.

Vendedora: Mañana se sortea. Diez céntimos. ¡Llevo la suerte!… *(Vase)*

Cipriana: Y ahora, que hablamos de la probe infancia… ¿Dónde estará el mi Ramonín? *(Éste había desaparecido detrás de la lancha que pintaba; allí le busca el Descarrilau, y le presenta a su tía, embadurnado de la pintura hasta las cejas)* ¡De los pecaos arreniego! ¿De dónde vien esi neñu? Pero, ¿dónde te metiste, rapaz?

Ramonín: ¡Pintéme!

Bonifacio: Ya se ve, ya, que tienes afición a la pintura. Igual que la tu hermana. Yo creí que bastaba ella sola pa pintase, ¡Achicaste a don Buenaventura, rapaz!

Cipriana: ¡Mira cómo puso la blusa! ¡Estrená del día'l Corpus! ¡Ye pa matalu!

Bonifacio: Home, non lu mates, que ye fíu míu.

Chatarra: Peor fuera que se hubiese untao de galipote. Ven conmigo, monín, que voy a date un bañu de aguarrás. *(A Quico y al Descarrilau)*

81

Veníi tamién vosotros, que hoy ye día de convidar yo. Aprovechai, que non me pilláis en otra. Y que non nos oiga la mi mujer, que ye como un tanque de la guerra. Non sei pon ná por delantre. ¡Arreando! *(Vanse Chatarra, Quito y el Descarrilau)*

Escena III
Cipriana y Bonifacio

Cipriana: Yo, voy a decite la verdá, Bonifacio… Aunque nos tienes a nosotros… bueno, a mí, que faigo lo poco que puedo, tú estás muy solu. Los hombres necesitáis que vos atiendan; que si les camises, que si los calcetinos, que si la comida a su hora… y luego los fíos, que, en vez de cuidar de uno, ye uno el que tien que cuidar de ellos. A mí non me los dio Dios, pero dióme un trabayu que val por una familia de les que cobren susidio, que ye Ramiro. Bueno, ya lu conoces… Y claro, ocurren toes estes coses, como lo que acabes de ver del tu fíu. Eso ye que está abandonau, Bonifacio.

Bonifacio: Entós, ¿qué quiés, hom? ¿Qué i ponga profesor de alemán o de italiano y que lu saquen a paseo? ¡Pos están buenos los tiempos!

Cipriana: Non ye eso, Boni, non ye eso. Tú non yes ningún vieyu.

Bonifacio: Home, non; entoavía falta…

Cipriana: Ya te lo tengo dicho. Tú ya sabes que…

Bonifacio: Ya sé por dónde vas, Cipria; non me digas más.

Cipriana: Pos non te digo más; es decir... Hoy hablóme...

Bonifacio: ¿Quién?

Cipriana: ¿Quién va ser? Telvina. ¿Non me entiendes, o saco el llibru? Estaba la mar de contenta, notábase a la legua. Y era porque embarcabes, y además por otra cosa... Bueno, yo non quiero meteme onde non me llamen.

Bonifacio: ¿Por qué cosa?

Cipriana: Porque, según se ve, ya tenéis hablao... Tú a ella parecesi bien, ya lo sabes, y ella a ti non te parez mal. ¿Verdá? Non i cayó nunca en bajo que, en vez de llamala Telvina, la viuda, como decimos todos, tú llamesla siempre Telvina la 'Rescamplá'. ¡Ay, eso gustai como llambedor! Por eso estaba contenta, porque i dijiste -¡por Dios non i digas que yo te lo conté!- que, el día que embarcases, hablaríeis. ¿Y qué vais a hablar, Bonifacio? Pos la única palabra que no vos dijistéis toavía? Bueno, yo non quiero meteme onde no me llamen.

Bonifacio: *(Recondando)* ¡Ye verdá...! Pero voy decite una cosa...

Cipriana: ¿Cuála?

Bonifacio: Que les coses de Bonifacio van despacio.

Cipriana: Tan despacio puen ir que, col tiempu, non te sirva Telvina más que pa sacate en un paxu al sol.

Bonifacio: Ella, viuda de Patricio, el mi amigu...

Cipriana: Tamién Telva era amiga de la tu muyer, y mira cómo se preocupa.

Bonifacio: Los dos, viudos… Ya viste lo que ios pasó a Pachu, el 'Ñarigón', y a Pepa, la 'Nacha'. Él 80, y ella 75. La pandorgá oyóse en Lima. Y a los tres meses palmaron y pa Ciares, de resultes.

Cipriana: ¡Pandorgaes! Ya non se estilan. Estate quietu parao que, si eso llega, y alguno se propasa, va pa'l camión de cabeza…

Bonifacio: Ya me paez estar leyendo: "De sociedad. Ayer contrajeron matrimonio la señora doña Etelvina García, viuda de don Patricio Menéndez, y el conocido y experto patrón de pesca don Bonifacio Álvarez" (¡Qué buenos son los periódicos, que siempre nos llamen expertos y conocidos! ¡Y salimos de aquí, y non nos conoz ni Rita!) Bueno. "Fueron padrinos…"

Cipriana: ¡Ay, la madrina yo!

Bonifacio: Está bien. El padrín ya paecerá; non faltará un amigu del alma que i guste ver ahorcase a uno por segunda vez. "Los novios salieron en viaje de luna de miel en el primer tranvía de Somió."

Cipriana: Déjate de bromes. Ella tien una tiendina muy curiosa y acreditá. Y tú, ya non estás, como estabes, en la calle. Díjome Telva que vendría al Muelle, a vete salir… Y si non me engaño… *(Mira a un lateral)* por allí vien… ¡Sí, ella ye! ¡Mira qué rescamplá vien!

Bonifacio: *(No sabiendo qué hacer)* ¡Ay, mi madre! ¿Ya, hom? ¿Pa ónde corro? ¡Déjame tirame al agua!

Cipriana: ¿Qué vas a hacer, Bonifacio? ¡La cosa non ye pa tanto!

Bonifacio: ¿Qué i digo yo ahora? Si yo no la mandé que viniera... Oye, hablai tú por mí... charranina...

Cipriana: Non, monín; eses son coses que tenéis que arreglar los dos, y nadie más que los dos. A mí non me gusta meteme onde non me llamen... *(Al ver a Telvina)* Adiós, Telvina, non puedo parame, que hoy hay mucho qué hacer... Que te hable Bonifacio...

Escena IV
Bonifacio y Telvina

Bonifacio: (¡Esto si que ye embarcar a uno antes de tiempu!) *(A su hermana)* ¡Embarcadora! Hola, Telvina...

Telvina: ¿Qué cuentes, Bonifacio? Pasaba por aquí, por casualidá. *(Mirada de Bonifacio a la mujer)*

Bonifacio: Home, claro, por casualidá; sinón, ¿a qué ibes tú a venir por estos sitios?

Telvina: A ná. Pero ahora que me acuerdo, alégrome de haber venido. ¿No ye hoy el día que embarques?

Bonifacio: ¡Qué ganes tenía de que llegase esti momento!

Telvina: ¡Ay, y yo! *(Dice la exclamación y se arrepiente de haberla dicho)*

Bonifacio: ¿Cómo?

Telvina: Ya sabes lo que quiero decir…

Bonifacio: Non sé.

Telvina: *(Derivando la conversación por derroteros)* Que era hora de que dejases de sufrir, Bonifacio. Esto ya ye lo último.

Bonifacio: ¿Lo último? Parecerátelo a ti, Telvina. El trabayu está asegurau, pero yo, voy decite la verdá, non me encuentro a gusto, non salgo alegre como salía otres veces… Tú yes como de casa, y puede hablásete.

Telvina: Con toda confianza.

Bonifacio: Lo de la mi Remedios y el rapaz de don Senén, eso non tien igua, Telvina, y, como non tien igua, al salir yo pa la mar, dejando esi asuntu en tierra, pue traer muy males consecuencies. Yo aceté el embarcar por lo que fue, por lo que me dijisteis tú y la mi hermana.

Telvina: Que una cosa non tenía que ver con la otra.

Bonifacio: Mira, por habelu dejao abandonau, fai poco que alcontré aquí mismu al mi fíu Ramonín llenu de manches de pintura. Parecía el arcu iris. Un repegón aquí, otru allí… Por eso, por non cuidar de él. Mira, Telvina, a mí tendría que doleme en el alma que, después de andar por allá, ganando el pan a golpes de mar, que non ye como aguantar cachones na playa, alcontrase yo a la mi fía manchá tamién, y con una mancha que non nació entoavía el inventor

86

del aguarrás que pueda quitala. Y todo, por non cuidar de ella. En una ocasión dijei a don Senén que yo tenía más mieu que a un temporal de los gordos. El contestóme... a su modo, como el día de la procesión. Yo mismu i pedí perdón por la mi fía, por lo que había hecho... y él calló, calló como un muertu.

Telvina: Porque en aquel momento, llegaba la Virgen, y claro...

Bonifacio: Pero él non se acordó, nin habló más.

Telvina: Eso yo veolo bien, Bonifacio, porque el que calla, ye que está conforme.

Bonifacio: Commigo, portar, pórtase. Hablóme del asuntu de los barcos, díjome que la operación aquella que esperaba había salido bien, y que, como estaba too arreglao, pronto volverían les parejes a la pesca, y yo, desde luego, en el puestu que tenía.

Telvina: Ya ves que así ye...

Bonifacio: Pórtase. Pero de lo otro, nin palabra. Y hoy ya vamos a salir, y dame el corazón que aquí va haber algo.

Telvina: Bonifacio, ¡qué coses tienes! Paezme que más claro que tú, estoy viéndolo yo.

Bonifacio: ¿Qué ves tú?

Telvina: Non sé, non sé; en ciertes coses, les muyeres tenemos más malicia que vosotros los hombres, que se vos amontona el juiciu enseguida.

Bonifacio: Pue ser que sea así. Tú tienes vista. ¿Pa qué voy a callalo más tiempu? Tengo que decítelo pa que non creas que lo olvido, que lo olvidao nin agradecido nin pagao. Aquellos chocolates, aquellos esponjaos, pa que los probásemos los de casa, toes aquelles coses tuyes. ¿Crees tú que non vía yo que les traíes pa remediamos con lo que podíes?

Telvina: ¡Non!

Bonifacio: ¡Déjame hablar! Aquello demostrábame que tú tienes vista, Telvina; que non yes una de tantes muyeres atolondraes; que tú sabes ganar la peseta, y además administrala, que ye lo más difícil. Que tú a veces pegues, pero non manques… *(Va acercándose a ella)*

Telvina: *(Complacida, entendiéndole)* Ye que eso, Boni… ya sabes que tú…

Bonifacio: ¿Qué yo qué…? *(Se le acerca un poco, pero de pronto se separa)* (¡Ay, Patricio, el mi amigu del alma, si levantas la cabeza…!)

Telvina: *(Reacciona)* Pero non vayas a creer que yo hacía aquello por ti solu.

Bonifacio: N'home, non; eso dizlo la mi hermana.

Telvina: ¡Qué non diga semejantes cosas!

Bonifacio: Les muyeres pasáisvos de llistes. A mí, la verdá, gustaríame vete siempre por casa. Que nos ficieses aquellos chocolatinos y aquelles coses riques que tú nos tienes llevao…

Telvina: ¿Gustábente de veres, Boni?

Bonifacio: ¡Home, non que non!

Telvina: ¿Y quisieres que, al volver de la mar, fuese yo a tu casa a llevátelos otra vez? *(Bonifacio* *asiente)* Pos entonces… entonces, en cuanto saltes a tierra, vas derechu pa la Colegiata.

Bonifacio: *(Entusiasmado)* Sin quitar d'encima la ropa de agües.

Telvina: ¿A qué cura avisamos? ¿A don Ricardín?

Bonifacio: Eso, a don Ricardín. Y compres un buen ramu de azahar.

Telvina: ¿Azar? ¡Qué poco enterau estás, Bonifacio!

Bonifacio: ¡Como non me casé más que una vez!

Telvina: Ahora será la segunda.

Bonifacio: El azar, ¿non ye buenu pa quitar los sustos?

Telvina: Eso dicen.

Bonifacio: Pos menudu sustu me espera. Conque ya estás comprando un ramu así de grande.

Telvina: ¡Qué perreru yes, Boni! Hasta luego, que pasaré por aquí.

Bonifacio: ¿Por casualidá, como ahora?

Telvina: Home, non; con su cuenta y razón.

Bonifacio: *(Requebrándola)* Pos hasta después, ¡Rescamplá! *(Telva vase por izquierda, satisfecha y envanecida)*

Escena V
Bonifacio

Bonifacio: *(Se sienta en el morrón)* Aquí, un momentín, que solu paez que está uno mejor. Solu non; acompañau de la mar, mirando pa ella, como si yo i estuviera hablando y ella me contestase.

Verdaderamente, ye la mejor compañía. En cuanto nos duel alguna cosa, vamos al lao de la mar a paseanos, p'arriba, p'abajo, y parez que el dolor amaina. ¿Tenemos un disgusto? A la mar, a pedir práticu. Y siempre parez que lu alcontramos, sin necesidá de dar les tres pitaes. Yo ando por equí, porque en estos momentos non sé qué camín tomar. ¿Con quién voy a consultar lo que me pasa? ¿Con la mi hermana? Esa infeliz non ye más que corazón. Parez que come a uno, y después ná. Mucho alboroto, mucho amenazar, y luego lagrimines. ¿Con la mi fía? Non, que esa puede decise que ye'l cuerpu del delito. ¿Con Ramonín? ¡Probe neñu! ¿Con Chatarra? Esi debe de estar a estes hores a un milímetro de "Marina". Claro que, de ser así, non embarca. ¡Cómo me llamo Bonifacio! Resumiendo; que estoy solu. Y en esto diz verdá Cipriana. Pero non del todo. Quédame la mar. *(Se pone en pie)* Y tú, Manolín, que yes el que me ayuda a tomar les coses con un poquitín de tranquilidad; pero hay momentos como esti, que me parez que la voy perdiendo… *(Dándose cuenta)* Pero si resulta que estoy hablando solu. ¡Hala pa casa, Bonifacio, hala pa casa! *(Sale por la derecha. Dentro, se oye una canción de coro del acto primero)*

Escena VI
Pepe Luis y Remedios; Chatarra, Cipriana, Telvina;
Descarrilau, Heladero y Vendedora

Remedios: Míralu, Pepe Luis.

Pepe Luis: ¿Quién?

Remedios: Mi padre. Va más triste que la noche. Hasta en la manera de andar i lo conozco. No está contentu, non está tranquilu.

Pepe Luis: Hoy hay motivo para estarlo, para alegrarse todos.

Remedios: Tú y los tuyos sí estaréis muy contentos, mi padre y yo non podemos decir lo mismo.

Pepe Luis: Hoy es un día grande, Remedios. Mi padre vendrá al muelle, a ver salir la primera pareja después de tantos sinsabores. Aquella terrible pesadilla se desvaneció para siempre, y él quiere dar aquí, al costado del barco, un abrazo a sus marineros. Él será uno de tantos entre nosotros. Ya verás, ya verás…

Cipriana: Remedios, ¿dónde te metiste? ¡Buscándote por toes partes…! *(Repara en Pepe Luis y se contiene)* ¡Ay, usté…!

Pepe Luis: Sí, yo… ¿por qué?

Cipriana: *(Después de vacilar un instante)* Después de too, una cosa non tien que ver con otra, ¿verdá, Ramiro?

Chatarra: Non sé de qué hables, pero cuando tú lo dices, ¡sí será!

Cipriana: Hoy convídonos don Senén. ¡Mi alma, qué espléndidu! Había dulces a dar con un palu.

91

Parecía que se habíen juntao allí toes les confiteríes de Gijón, que son unes cuantes. El que quería coñá, pos coñá, el que quería jerez, jerez en abundacia. Yo tomé jerez. Por cierto que parez que se me subió un poquiñín a la cabeza. *(Como si sintiera sus efectos)* Non sé que ye, pero tengo gana de reíme. La cosa non ye pa menos, ¿verdá?

Chatarra: Huy, huy, huy. ¿A que la pillaste, Cipria?

Cipriana: Bueno, bueno; poques bromes. ¿Crees que soy como tú?

Chatarra: Hoy ye día de trabayu, y non hay que pensar en la bebida. Yo caléme a los dulces, porque alimenten.

Descarrilau: Y yo tamién. Yo solu comí doce merengues.

Quico: Y yo cuatro tocinos de cielo.

Chatarra: Yo rellambime con tres tocinos. Verdaderamente, rapazos, ocúrreseme preguntar, como el otru: "Si así ye'l tocín en el cielo, ¿cómo será el jamón?"

Descarrilau: ¡Estupendo!

Telvina: Y de too aquello, ¿non probaste ná, Remedios?

Cipriana: ¡Ye más despegadona! A todos nos convidaron. Hasta al heladero y a la de la Probe-Infancia. ¿Non ye verdá? *(Ambos asienten)*

Remedios: Non ye eso, tía, non ye eso.

Cipriana: Lo que ye, sélo yo. ¿Verdá, neñu? *(A Pepe Luis)* ¡Ay, don Senén, ye muy simpáticu!

Remedios: Calla, tía, que me avergüences.

Chatarra: *(Por Cipriana)* ¡Después habla de mí! Paezme que hoy vas pal camión.

Telvina: ¡Ahí vien don Senén! *(Pepe Luis va al encuentro de su padre. Gran algazara entre la gente)*

Cipriana: ¿Echamosi un viva? *(Don Senén aparece)* ¡Viva don Senén!

Todos: ¡Viva! *(El armador y su hijo están visiblemente satisfechos)*

Quico: ¡Calla! *(Se adelanta y recita)*

> ¡Viva don Senén Rodríguez
> y todos los sus vapores;
> que viva la boca'l muelle
> y el barrio de pescadores!

Descarrilau: Eso ye copiao de un calendariu.

Quico: ¡Que no, que ye discurrido¡

D. Senén: Gracias, gracias… ¿Cuándo es la salida?

Chatarra: Ye ahora, en cuanto venga Bonifacio.

D. Senén: ¿Cómo es que no está aquí ya?

Cipriana: Ye verdá. Antón, vete tú a buscalu. *(Remedios se acerca a su tía, comentando el caso)*

Telvina: En casa entraba haz bien pocu tiempu; ¡vilu por la Cuesta'l Cholo!

Pepe Luis: No comprendo… *(Habla con su padre. Hay un silencio de extrañeza. Va a salir el Descarrilau en su busca, pero el patrón se presenta. Viene en traje de faena, con botas fuertes y chaqueta gruesa)*

93

Escena VII
Dichos y Bonifacio

D. Senén: *(Efusivo)* ¡Bonifacio...!

Bonifacio: Si tardé, dispénseme, don Senén. Estuve pensándolo...

D. Senén: ¿Pensando qué?

Bonifacio: Si debía, o non debía, venir.

D. Senén: ¿Cómo? ¿Qué?

Bonifacio: Di mi palabra y, la verdá, la obligación ye la obligación; pero antes que ella, y que la necesidá de vivir, hay una cosa que ye pa mí mucho más importante.

D. Senén: Tú dirás.

Bonifacio: Que non embarco, don Senén, que non embarco.

D. Senén: ¿Pero no habíamos quedado...?

Bonifacio: *(Decidido)* Que non voy pa la mar.

Cipriana: *(Se le acerca)* ¡Virgen de la Papeleta! Tú non estás buenu, rapaz.

Bonifacio: ¡Que se acabó el barcu pa mí!

Telvina: Reflesiona, Boni...

Bonifacio: *(Enérgico)* ¡Que s'acabó, que non embarco!

Chatarra: ¡Echolo too por la borda! Ramiro, a comer paletaina. *(Pausa. Sensación)*

D. Senén: *(Muy tranquilo)* Es necesario que expliques esta actitud tuya, tan inesperada, después de nuestra conversación en mi despacho. ¿Por qué has cambiado de parecer así, tan pronto?

Bonifacio: *(Después de meditar un instante)* De ello hablamos usté y yo algunas veces, y nunca

94

pudimos llegar a un acuerdu nosotros dos, que estuvimos siempre de acuerdo en too. Pero ahora ye el momento en que hay que decidilo, don Senén. Ya i lo dije otra vez. Non mire pa la pareja que está en la mar, mire p'aquella otra. *(Señala a Remedios y Pepe Luis)* Y ahora dígame, ¿puedo marchar tranquilu? ¿Puedo salir a la mar tan seguru de usté como siempre lo estuve? Si non ye así, acabóse pa mí la pesca de altura, y pescaré muiles y sarrianos desde una peña.

D. Senén: *(Sin perder la serenidad)* Ahora mismo he de contestarte. Pepe Luis, escucha… Óyelo tú también, amigo Bonifacio. Mira, hijo… Tú empezaste a bromear con esa muchacha, poniendo en ello no muy nobles y sanos pensamientos. ¿No es así? *(A un movimiento de Pepe Luis)* ¡Cállate! Así fue. Empezó siendo un juego, y se convirtió, andando el tiempo, en una obligación imperiosa de tu espíritu. Tú quisiste retirarte, pero era ya tarde. Y lo que que quisiste alcanzar, por artes nada recomendables, has tenido que conquistarlo, afortunadamente para ti y para todos, por el camino recto. Yo lo sabía todo, estaba al tanto de todo, aunque ni tú ni Bonifacio lo creyerais. Hoy comprendo que tú no podrías, aunque quisieras, desprenderte de esa mujer que, por lo visto, también te quiere. ¿No es así?

Pepe Luis y Remedios: *(A un tiempo)* ¡Sí!

Chatarra: ¡Hay qué ver que enterau estaba! ¡Y hacíase el desentendiu!

Cipriana: ¡Qué bien se explica!

Descarrilau: ¡Qué colorau está Pepe Luis!

D. Senén: Pues ya lo sabes, Bonifacio, vuelve al mar, inaugura esta nueva etapa de mi flota, que ha corrido uno de los temporales más serios y que es también una nueva etapa de mi vida, y vete tranquilo, que yo no habré de tardar en llamar también hija mía a tu propia hija…

Cipriana: ¡Ay, que me da un mal! *(Cae como desmayada en brazos de su marido. Telvina le da aire)*

Chatarra: ¡Espabila, muchacha!

Bonifacio: *(Contentísimo)* ¡Chatarra, pa la mar! Levanta mucha presión, ¿eh?

Chatarra: Aguarda un poco, que suelte esta toliña.

Cipriana: *(Volviendo en sí)* ¿Dónde estoy?

Bonifacio: En Buenos Aires, ¿non lo ves?

Cipriana: ¿Pero ye verdá lo que oí? ¡Creí que me moría! ¡Qué triste ye dejar esti mundo!

Bonifacio: ¿Qué mundo, hom? ¿Lamentes dejar el mundo, y non saliste d'Encimavilla en toa tu vida…?

Remedios: *(Emocionada)* Pepe Luis, non puedo ni hablar.

Pepe Luis: Remedios.

Chatarra: *(A Pepe Luis)* Vaya pedraes que te tiró tu padre, ¿eh? Bueno, rapazos, ahora, siete fíos, ¡y a baxar!

Remedios: No sé qué decir… Contenta… ¿Cómo voy a decir que non estoy contenta? Y non

96

tanto por la satisfacción que nos trai el padre de Pepe Luis, como porque mi padre deje de sufrir por causa mía. Pensé en ser mala, y verdaderamente non sabía por qué. Lo que me pasaba era que yo quería a Pepe Luis, y non podía ni pensar que llegase a dejame... *(Seca unas lágrimas. Pepe Luis se acerca a la muchacha)*

Bonifacio: Don Senén, que usté era un hombre, yo ya lo sabía. La alegría que hay hoy en tou Encimavilla ye la alegría que yo siento en estos momentos, y a usté se i debe. Voy pa la mar como nunca fui así de contentu. ¡Ya pueden venir temporales! No hay mieu. Prefiero cien veces los temporales de la mar a los temporales de tierra. Allí mueres afogau, aquí palmes... ¡atragantau!, que ye mucho peor.

Ramonín: *(Desde el lateral derecha a Chatarra)* Tíu, dicen esos rapazos que si canten ahora.

Cipriana: ¡Sí, monín, sí, que canten! Ahora soy yo quien va a cantar y bailar *(Lo hace. El muchacho hace una seña hacia dentro)*

No hay quien pueda,
no hay quien pueda
con la xente marinera.

(Deja de cantar y bailar, y, dirigiéndose a Remedios, la habla)

Marinera pescadora,
non pudieron... ¡hasta ahora!

Bonifacio: *(Viniendo hacia Telvina)* Y tú ya lo sabes, Telvina.

Telvina: Ya lo sé, Boni.

Bonifacio: Derecha pa la Colegiata.

Cipriana: ¿Les dos bodes en el mismu día?

Telvina: Non, lo nuestro ye otra cosa.

Bonifacio: *(Disponiéndose a salir)* ¡Chatarra, a levantar presión! *(Comienzan a oírse las guitarras y, a iniciativa de Chatarra, se juntan todos)*

Chatarra: ¡Ahora! ¡Esta ye la mía! Toos agarraos, como en "Marina".

Bonifacio: Así; el Mahón, el pañu de los señores que saben selo. *(Todos se enlazan como en la célebre barcarola de "Marina"; las mujeres delante, detrás los hombres, en balanceos encontrados. Y el coro la canta dentro, muy afinado; esta vez con voces femeninas, mientras el telón cae lentamente)*

Coro
Dichoso aquel que tiene
su casa a flote;
y junto al mar se mece
su camarote.
¡Oliendo a brea,
oliendo a brea,
a la orilla del agua
se balancea!

TELÓN

Joaquín Alonso Bonet, Constantino Cabal,
Alfredo García 'Adeflor', Antonio Iglesias,
Florentino Soria López y Enrique Prendes
decidieron conceder a esta obra
el segundo premio en el concurso organizado
por el diario "Voluntad".

Este libreto está depositado
en el Museo del Pueblo de Asturias,
y forma parte del legado de
José Manuel Rodríguez 'El Playu'

www.ingramcontent.com/pod-product-compliance
Lightning Source LLC
Chambersburg PA
CBHW071628140626

46555CB00021B/1256